immemor

DE L'EXTINCTION

DE LA

PROSTITUTION

PÉTITION AU SÉNAT

(Session de 1865)

PAR

LE Dr JULES MEUGY

de Rethel (Ardennes)

PARIS

TYPOGRAPHIE DE A. PARENT

IMPRIMEUR DE LA FACULTÉ DE MÉDECINE

Rue Monsieur-le-Prince, 31.

1865

DE L'EXTINCTION

DE LA

PROSTITUTION

PÉTITION AU SÉNAT

(Session de 1865)

PAR

LE Dr JULES MEUGY

de Rethel (Ardennes)

PARIS

TYPOGRAPHIE DE A. PARENT

IMPRIMEUR DE LA FACULTÉ DE MÉDECINE

Rue Monsieur-le-Prince, 31.

1865

DE L'EXTINCTION

DE LA PROSTITUTION

Au moins, je vais toucher une étrange matière :
Ne vous scandalisez en aucune manière.
Quoique je puisse dire, il doit m'être permis ;
Et c'est pour vous convaincre, ainsi que j'ai promis.
(Molière.)

Si la très-grave question que nous nous proposons
de traiter est une des plus importantes qu'il y ait pour
la morale publique, c'est aussi une des plus scabreuses
pour le moraliste qui cherche à l'approfondir. Les quatre
vers d'un des maîtres de la poésie française que nous
avons pris pour épigraphe de notre travail, expriment
admirablement la délicatesse et la difficulté extrêmes de
notre tâche, et l'anxiété qui nons tient en l'entrepre-
nant. Aussi n'est-ce pas sans une émotion bien vive et
sans une légitime appréhension que, du fond de notre
obscurité, nous venons, pour la seconde fois, faire entendre notre faible voix au sein de cette assemblée illustre, qu'on peut considérer à juste titre comme un des
sanctuaires des plus éclatantes lumières de l'Empire.
Assurément nous n'aurions pas entrepris cet ingrat
labeur si, d'une part, la profession médicale que nous
exerçons ne nous donnait plus qu'à tout autre le droit
de traiter des questions de cette nature, qui ne sont pas
étrangères à nos études; et si, d'autre part, l'amour

profond de l'humanité qui nous anime, le sentiment de la dignité humaine qui nous fait battre le cœur, enfin l'ardent désir d'être utile à nos semblables, en détruisant une des causes les plus redoutables de la démoralisation, en tarissant une des sources les plus évidentes des maux de l'homme, si tous ces motifs, disons-nous, ne nous faisaient un devoir d'adresser au Sénat français la pétition que l'on va lire. Puissent ces grands et nobles mobiles qui nous guident diriger notre plume, échauffer notre zèle, soutenir notre courage, et faire pénétrer la conviction dans ces esprits d'élite, que toute idée saine et juste ne trouvent jamais indifférents!

Sous un gouvernement qui fait appel à tous les travailleurs de bonne volonté, l'inaction est blamable, car c'est faire en quelque sorte un larcin moral à la société. Sans doute il arrive souvent que des idées généreuses meurent sans voir le jour. L'envie et l'impuissance, on le sait, poursuivent volontiers de leurs insolentes clameurs et des sarcasmes de l'ironie le travailleur consciencieux et désintéressé. Alors la crainte d'être en butte à la calomnie, de voir ses sentiments loyaux dénaturés, de s'entendre accuser d'ambition et d'orgueil, impose silence à l'homme le mieux intentionné, et coupe les ailes à l'idée qui allait prendre son essor.

Mais, lorsqu'on a en vue le bien public, on peut, on doit même agir sans crainte, sauf à dire : Honni soit qui mal y pense ! Si donc notre entreprise est jugée téméraire, qu'on nous la pardonne, en faveur de l'honnêteté de notre intention.

> L'honneur parle, il suffit : ce sont là mes oracles !
> RACINE.

Ce qui nous encourage plus encore, c'est la certitude que nous avons de voir notre opinion partagée par tous les gens de cœur. En effet, sur ce grave sujet, les dissidences sont presque impossibles et ne pourraient d'ailleurs se comprendre. Les hommes peuvent différer d'âge, de pays, de rang, de culte, d'instruction ; mais du moment qu'ils ont tous, au même degré, le sentiment de l'honneur, c'en est assez pour que, d'un commun accord, ils repoussent tout ce qui marche à l'encontre de ce sentiment sublime, tout ce qui réalise l'ignominie. Si l'on doit aimer ce qui est pur et sain, on doit, par contre, détester et combattre tout ce qui est une source de corruption.

Pour nous, nous n'avons pas la sotte prétention de nous poser en puritain farouche. Si nous n'hésitons pas, malgré notre insuffisance pour une si lourde tâche, à entreprendre ce travail, nous voulons du moins le faire en y mettant toute la déférence et tout le respect dus au premier Corps de l'Empire, et en nous rappelant l'urbanité et les convenances dont tout homme de bonne société ne doit jamais se départir.

C'est donc l'esprit pénétré de l'intime conviction de travailler pour la moralisation et le bien public que nous venons aujourd'hui mettre le doigt sur une plaie sociale. C'est d'un cœur éminemment français, d'un cœur également plein d'amour pour le beau, le bien et le vrai, et de haine pour le laid, le mal et le faux, que nous poussons le cri : *Caveant consules !*

DIVISIONS DU SUJET

Quel que soit le sujet que l'on traite, il est toujours bon d'y faire des divisions. Ces divisions ont un double but : c'est d'abord de mettre plus d'ordre dans l'analyse ou dans la description que l'on veut faire, et, par conséquent, de rendre le travail plus clair et plus intelligible; c'est ensuite d'établir, de distance en distance, des espèces d'étapes où l'esprit peut se reposer, sans craindre la fatigue et l'ennui.

Pour ces raisons, nous diviserons notre sujet en cinq chapitres. Dans le premier, nous présenterons des considérations générales sur la prostitution ; dans le second, nous traiterons des prostituées; dans le troisième, des effets désastreux de la prostitution ; dans le quatrième, des remèdes à y apporter : enfin, dans le dernier, des avantages et de l'urgence de son extinction.

On ne peut nier que, de toutes les questions d'hygiène, celle de la prostitution ne soit la plus grave et la plus importante. La solution de ce problème a, dans le passé, préoccupé tous les hommes de cœur animés de l'amour du bien public ; elle préoccupe également ceux du temps présent, et il est probable qu'elle préoccupera longtemps encore ceux de l'avenir.

En thérapeutiste consciencieux et convaincu, nous venons aujourd'hui proposer un remède au mal. Dans notre travail, qui ne ressemble en rien à aucun de ceux qui ont paru sur ce sujet, nous essayons surtout de montrer le côté faible de la prostitution, d'en faire voir, comme l'on dit. le défaut de la cuirasse. C'est une vue de l'esprit que nous soumettons à qui de droit. afin que, si elle est trouvée vraie, on puisse en tirer tel parti que l'on jugera convenable.

En vain Achille aux pieds légers. πόδας ὠκὺς Ἀχιλλεύς. se flatte d'être invulnérable, il est une très-minime partie de son corps, le talon, qui ne jouit pas de cette immunité. Dès lors c'en est assez pour mourir; le reste n'est plus rien. C'est par là qu'il sera vaincu ; c'est par là que la mort entrera. Il en est de même, à notre avis, de la prostitution.

CHAPITRE PREMIER

CONSIDÉRATIONS GÉNÉRALES SUR LA PROSTITUTION.

> Je vois du mal et n'aime que le bien.
> (BÉRANGER.)

Il existe, dans Paris et dans l'immense majorité des villes de France des maisons ignobles qui sont un déshonneur pour celles qui les avoisinent, et une honte pour la rue qu'elles occupent. Les regards se détournent à leur aspect, et les noms qu'elles portent souillent les lèvres. La femme vertueuse qui passe par hasard devant ces cloaques immondes, hâte le pas, baisse les yeux ; son cœur se resserre, et la rougeur lui monte au front. Le père de famille que son jeune fils, poussé par la curiosité naturelle à son âge, questionne sur tout ce qu'il voit, hésite, balbutie, ou refuse de répondre à la demande naïvement indiscrète de son enfant. Nul, si dépravé qu'il soit, n'oserait entrer en plein jour dans ces bouges infects. Ceux qui hantent ces repaires de corruption se cachent à tous les regards comme des larrons qui entreprennent une criminelle besogne. Ils attendent que les ombres et le silence de la nuit les aient soustraits à la vue des passants, en les enveloppant de ténèbres propices à leur honteuse expédition.

Quelles sont donc ces maisons abominables qui ont le triste privilége d'épuiser sur elles, et cela pour leur éternel opprobre, les épithètes les plus infâmes et les plus outrageantes des langues humaines ? C'est la déplorable demeure de la hideuse prostitution; c'est l'abjet et scandaleux lupanar! Pour peindre comme ils le mériteraient ces antres maudits de la corruption publique, il nous faudrait la verve incisive de Juvénal. Mais si nous ne pouvons flageller ces horreurs avec le fouet mordant du satirique latin, tâchons du moins par une comparaison de faire comprendre notre pensée.

Lorsqu'on parcourt les salles des hôpitaux, on voit çà et là de pauvres malades au teint jaunâtre, dont le visage exprime la souffrance la plus vive, et près desquels on ne s'arrête pas, entrevoyant leur mort prochaine. Qu'on lève leurs couvertures, et l'on verra plein d'effroi des pourritures horribles, des membres ou distendus par des tumeurs, ou rongés par des ulcères, et répandant des odeurs écœurantes. Si le visiteur demande alors au chef de service le nom de cet affreux mal qui doit infailliblement entraîner la mort des malades, le médecin lui répondra : C'est un cancer.

Or, ce que cet épouvantable mal est pour le corps de l'homme, la prostitution nous paraît l'être pour son âme, c'est-à-dire pour la société tout entière, envisagée dans son essence même. C'est une sorte de cancer moral qui ronge le corps social en lui inoculant un venin dissolvant qui coule dans ses veines.

C'est aussi l'opinion du petit nombre des auteurs qui ont écrit sur ce sujet. Tous en entrant en matière commencent par déclarer que la prostitution est une des plus effroyables plaies de la société, l'attaquant dans ses intérêts les plus vrais. Tous admettent que c'est une source intarissable de désordres, de délits et de crimes. « Les nations civilisés, dit un auteur éminent, l'ont toujours poursuivie et punie de peines plus ou moins sévères, et flétrie du sceau de l'infamie. Il n'est pas nécessaire d'être époux ou père pour sentir tous les funestes effets

de la prostitution, il suffit d'avoir une mère et de réflé-
chir combien le sexe auquel elle appartient se trouve
dégradé par la condition et les habitudes de la prostitution, qu'on peut envisager comme le plus grand
contre-sens de la nature. » « On peut regarder dans un
État, dit aussi Montesquieu, l'incontinence publique
comme le dernier des malheurs. » Pour flétrir cette
chose monstrueuse appelée prostitution, on peut dire
que l'accord est unanime.

Il est pourtant des gens qui disent : Ce n'est pas là
un sujet sérieux; chacun pour soi; laissez le monde
comme il est. Mettons donc, comme le conseille Pascal,
la définition à la place du mot défini, et nous verrons.
La prostitution, n'est-ce pas l'action de s'adonner à la
débauche, à l'obscénité, à l'impudicité? N'est-ce pas
l'abaissement, la dégradation, l'avilissement? N'est-ce
pas la source de toutes les souillures, de toutes les turpitudes, de toutes les abjections? Est-il un terme plus
honteusement significatif que celui-là? En est-il un qui
à lui seul résume plus de détestables choses? N'est-ce
pas une expression qui s'attaque à l'essence même de
la dignité humaine pour la saper par la base? Assurément tout cela est sérieux. Pour nous, nous ne savons
rien de plus grave et partant de plus digne d'attirer
l'attention et la sollicitude des moralistes.

Il en est d'autres qui disent : C'est là un mal nécessaire
et qu'on ne peut pas supprimer. Nous avouerons fran-
chement que nous ne comprenons pas du tout la nécessité d'un pareil mal. Sans doute il est des maux nécessaires dont il nous arrive quelquefois à nous médecins
d'être les dispensateurs. C'est par exemple lorsque l'on
coupe un membre malade pour sauver le reste du corps,
on sacrifie alors la partie pour le tout; ou bien lorsqu'on
établit un exutoire pour soutirer en quelque sorte l'ex-

cédant des humeurs dont l'organisme est saturé. Dans ces cas là on a fait un mal pour un bien, et l'honnêteté du but justifie la rigueur des moyens.

Mais dire que la prostitution est un mal nécessaire, c'est un étrange paradoxe, puisque c'est pousser à l'encourager et non à la combattre. Or, rester spectateur passif de cette odieuse calamité, même sans la combattre ni l'encourager, c'est une singulière aberration, pour ne pas dire un renversement des lois divines et humaines. La fin de l'homme est le bien, et pour parcourir la route ardue qui doit y conduire, il a deux guides fidèles et sûrs : le travail et la vertu. Mais ces deux guides ne le suivront pas sur le chemin de la prostitution, où les fleurs qui le jonchent recouvrent des précipices et exhalent des parfums délétères. Y mettre le pied, pour eux c'est mourir. L'homme qui s'y livre tout entier tourne le dos au port où il doit tendre, trahit le rôle qu'il a à remplir ici-bas, et s'abreuve à une source empoisonnée. Assurément un mal qui est si peu justifié, qui prend le contre-pied du sens commun, et dont l'existence froisse tous les sentiments généreux de l'âme humaine, n'est pas un mal nécessaire.

Avez-vous vu quelquefois par une belle journée d'été les cîmes neigeuses du Saint-Gothard ? De quel éclat argentin le soleil d'août fait resplendir ces sommets grandioses ! Comme l'âme est impressionnée à l'aspect de ces masses imposantes et majestueuses qu'on prendrait pour l'image de l'éternité ! De temps en temps, comme pour honorer la majesté divine et terrifier la faiblesse humaine, elles font entendre leur voix formidable. C'est l'avalanche ! Elle roule le long de leurs flancs abrupts avec un fracas immense qui retentit dans les vallées comme si la terre tremblait sur ses pôles ! Mais, phénomène véritablement merveilleux, voilà que tout à coup du haut de ces montagnes, en apparence nuisibles ou tout au moins inutiles, vont descendre des sources fécondes de bienfaits pour les nations de la terre. Grâce à la vivifiante chaleur des rayons de l'astre du jour qui produit la fonte de ces neiges perpétuelles, les rivières et les fleuves, comme d'une mamelle intarissable, vont couler perpétuellement de leurs flancs gigantesques et porter à travers les peuples la fertilité, le bien-être et la vie. De même le religieux accomplissement de ses devoirs, la fidélité aux préceptes immortels, l'amour et la pratique du bien, répandent sur les âmes qui se nourrissent de ces sains aliments cette béatitude intime qui nait du contentement de soi-même.

Trois fleuves, trois grandes artères de l'Europe, prennent leur source au mont Saint-Gothard : c'est le Rhin, le Rhône et le Tessin. Q'arriverait-il si, par une hypothèse impossible, un être pervers s'avisait d'infecter ces sources en y versant continuellement un poison lentement mortel? De deux choses l'une : ou bien les peuples qui boivent ces eaux ne tarderaient pas à péricliter, s'étioler et périr sans se plaindre; ou bien se tournant vers leurs chefs naturels, ils leur crieraient : Nous vous en conjurons au nom de nos femmes et de nos enfants, faites cesser le mal qui nous décime; il n'y a pas d'eff sans cause; combattez avec énergie et détruisez la cause toxique, et vous aurez combattu et détruit, par cela même, l'effet mortel qu'elle engendre.

Ainsi agit la prostitution sur les individus des deux sexes qui se donnent à elle. Ainsi elle doit être traitée et combattue comme un fléau toxique dont la destruction ne peut qu'être qu'un immense bienfait.

Dans la question dont nous nous occupons, ce n'est pas assez d'envisager le mal en lui-même à un point de vue général, il faut aussi faire de même à l'égard

des auteurs du mal, des artisans de la démoralisation.

Que l'éclosion soit lente ou qu'elle soit soudaine,
quand l'idée mauvaise commence à germer dans la tête
de ces créatures dépravées, d'où vient donc que celles-ci
ne cherchent pas à l'en arracher ou à l'y étouffer sans
retard? Comme ces mauvaises herbes qui tuent autour
d'elles toute végétation utile, l'idée pernicieuse s'enra-
cine et grandit aux dépens de tous les bons sentiments
qu'elle absorbe dans son expansion fatale. Elle grandit
et déjà c'est la honte; elle grandit encore, c'est l'avilissement; elle grandit toujours, c'est le déshonneur et le
remords. Nous verrons plus tard quels en sont les
tristes fruits.

A l'aspect de tant d'ignominies certaines, de tant de
maux inévitables, comment donc une créature douée
d'intelligence ne recule-t-elle pas d'effroi et d'horreur?
Quelle est donc cette voix qui parle plus haut que
l'honneur, plus haut que la honte, plus haut que les
remords? Celles qui se livrent à ce métier infâme y
trouvent-elles donc des compensations capables de satisfaire les moins scrupuleuses? Non. Le pain de la
prostitution est terriblement amer. Les déceptions et les
dégoûts y sont de tous les jours et de tous les instants.
C'est ce qui a fait dire avec raison à un moraliste éminent qui a étudié la prostitution à Londres, où elle épa-
nouit dans toute la plénitude de la licence : » Oh! qu'il
y en a peu de ces femmes qui, après une première erreur, ne s'éveillent pas au repentir, au désespoir, à la
honte, et ne voudraient pas donner tout ce qu'elles pos-
sèdent pour qu'il leur fût permis de revenir sur leurs
pas et de se réhabiliter! Elles peuvent aimer leur séduc-
teur, jamais leur honteux commerce. Elles le haïssent
d'autant plus vivement qu'elles ont senti le poids de ses

chaînes et goûté l'amertume de la dégradation qui en découle. »

Oui, beaucoup de ces créatures insensées se jettent à la légère, ou, comme on dit, par un coup de tête, dans la triste voie de la perdition. Puis, à peine y ont-elles fait quelques pas, que les regrets cuisants viennent les assaillir de toutes parts ; mais c'est en vain souvent qu'elles regardent en arrière comme pour sortir du bourbier fétide où elles sont plongées, des liens invisibles les y retiennent malgré leurs efforts. La prostitution dont elles se sont faites les esclaves ne leur rendra leur liberté perdue qu'après avoir dévoré, avec leur santé, la grâce, la fraîcheur, la beauté de leur jeunesse.

Quelle est donc cette duègne immonde et repoussante, cette mégère lippue, dont la face truculente rappelle vaguement celle d'un chercheur de truffes, courtière du vice, chauffeuse des mauvaises passions qui, poussée par une soif de lucre insatiable, va recrutant partout des victimes pour servir de pâture à ses appétits grossiers ? Ah ! qu'on nous pardonne la répugnance qu'éprouve notre plume à cracher sur le papier son horrible nom ! C'est la hideuse, l'infâme proxénète ; c'est l'odieuse directrice des maisons de débauche, autrement dite la préposée à la vente de tous les maux du corps et de l'âme. Semblable à la reine-abeille, elle gouverne avec une autorité despotique l'essaim des prostituées qui, après avoir butiné la moëlle de l'humanité, lui rapportent de l'or plein sa ruche exécrable. Malheur à celle qui revient avec le moins gros butin !

Ainsi, chose épouvantable et révoltante, la prostitution n'est qu'un moyen de richesse. Neuf fois sur dix, les prostituées ne consentent à embrasser leur métier fangeux et maudit qu'au profit de quelques êtres pervers, plus abjects, plus dégradés encore qu'elles ne le sont elles-mêmes. Ce sont des marionnettes dont les fils sont tenus par tout ce qu'il y a de plus vil, de plus ignoble, de plus repoussant en ce monde. Dans le fleuve de la vie dont l'homme descend le cours si souvent troublé, la prostitution est le filet plein d'amorces que lui jettent les proxénètes, ces pêcheuses infernales, vomies par l'enfer, et indignes d'appartenir à la famille humaine.

Nous ne savons si tous ceux qui nous liront partageront notre sentiment, mais il nous semble que l'esprit ne peut s'arrêter à ces abominations sans gémir, que le cœur ne peut concevoir ces horreurs sans se gonfler d'indignation. En présence de tant de turpitudes et de cynisme, on serait tenté de se laisser gagner par l'immense tristesse qui de toutes parts enveloppe la pensée. Mais la tristesse est mauvaise conseillère ; ce ne sont point des lamentations qu'il faut ici, mais des actes : *agere, non loqui.*

Or, de même que l'on défend, poursuit et punit la vente de livres, gravures et photographies obscènes, on doit aussi défendre, poursuivre et punir la prostitution qui n'est pas autre chose que le plus obscène des livres en action, la plus licencieuse des gravures vivantes. Il faut être aussi sévère pour l'original que pour la copie.

En somme, la prostitution est une lèpre dont l'action, soit latente, soit visible, ronge impitoyablement la race humaine, non créée assurément pour être la proie de ce vautour. Plus la tâche est immense, plus la guérison est difficile, plus aussi il y a de mérite à l'entreprendre et à y persévérer. Ce n'est pas en s'arrêtant au premier obstacle qu'on arrivera à une solution ; en présence d'un mal qui menace l'existence et l'avenir de la société tout entière, l'incurie ne se comprend plus : *salus populi suprema lex esto !*

CHAPITRE II

Comment en un plomb vil l'or pur s'est-il changé ?
(RACINE.)

Nous nous proposons d'examiner sous le titre que nous avons donné à ce chapitre les causes, la marche et la terminaison de la prostitution, ou, en d'autres termes, comment se présente à l'observateur la prostituée avant, pendant et après sa dégradation, ce qui constitue les trois phases de sa triste existence. C'est une étude indispensable à faire pour mettre en relief l'étrange aberration et le faux raisonnement des malheureuses créatures qui s'adonnent à de si blâmables débordements, et cela dans un but incompréhensible, puisqu'il est absolument irréalisable et ne conduit à rien de bon.

Et d'abord nous avons des réserves à faire, des distinctions à établir. Ainsi, il ne faut pas confondre avec les prostituées ces jeunes filles franches et légères, honnêtes au demeurant, connues de temps immémorial sous le nom de grisettes. Elles diffèrent entièrement des prostituées. La prostituée n'a pas de cœur ; la grisette en a toujours un peu, quelquefois beaucoup. L'une est fainéante et passe ses journées dans l'oisiveté et le désœuvrement ; l'autre est ouvrière, laborieuse, et passe ses journées dans le travail et les occupations utiles. La première se vend pour de l'argent ; la seconde se donne

gratuitement. Celle-là appartient à tout le monde, elle
est la proie du premier venu; celle-ci n'appartient qu'à
un seul et lui reste fidèle. Le salaire de l'une est honteux; le salaire de l'autre est légitime. L'une est bestiale et reste bestiale; l'autre est femme et reste femme.
La prostituée est généralement stupide; la grisette, au
contraire, a souvent de l'esprit naturel. L'une ne sait
ordinairement ni lire ni écrire; l'autre a toujours plus
ou moins d'instruction.

C'est ce qui explique comment on voit, par suite de
conformité de caractères, de similitude de goûts, et de
sympathie réciproque, des jeunes gens épouser leur
maîtresse. C'est un très-grand tort, à coup sûr; c'est
une tendance très-regrettable et qu'il faut combattre,
car le mariage a pour effet d'unir les familles aussi bien
que les individus. Il faut donc autant que possible, sinon
pour soi-même, du moins pour ses aïeux et ses descendants, ne pas faillir à son origine et conserver, sans
déroger, le rang que l'on doit tenir dans le monde. Mais
cependant, il faut en convenir, ces mariages où l'habi-
tude a plus de part que l'inclination, ne sont souvent
pas plus malheureux que les autres. Bref, pour cette
raison, ils sont jusqu'à un certain point excusables.

Mais épouser une prostituée, lui donner son nom,
est-il rien au monde de plus monstrueusement ignoble?
Tant qu'il reste dans l'âme un atome d'estime de soi-
même, cela ne se voit pas et ne peut pas se voir. Les
infâmes et nauséabonds individus qui ont cet inquali-
fiable courage sont les rebuts du bagne et de l'écha-
faud! Plus hideux mille fois que leur hideuse compagne, ils sont tombés si bas dans le mépris et l'abjection
que la fange indignée les repousse comme une souil-
lure!

En définitive, pour terminer cette digression, si la

grisette est répréhensible d'écouter trop la voix de son cœur à cet âge enivrant de la jeunesse, il y a du moins en sa faveur des circonstances atténuantes. Elle n'exploite pas son corps et son honneur au profit des mauvaises passions ; elle ne donne pas dans le mercantilisme effronté des prostituées ; ses fautes lui viennent des surprises du cœur plutôt que d'un froid calcul ; c'est pourquoi nous la mettons hors de cause dans notre réquisitoire contre la prostitution. Rien de ce que nous avons dit et de ce qui nous reste encore à dire ne s'applique à cette classe de femmes. Cela établi, nous continuons notre dissertation.

Les prostituées ne sortent guère que de la lie du peuple ; les causes qui les poussent à ce facile, absurde et peu lucratif métier sont de deux sortes : les unes sont des causes prédisposantes, les autres des causes efficientes.

Parmi les causes prédisposantes, il y a d'abord en première ligne l'exiguité du salaire des femmes. L'augmentation du prix des loyers et la cherté des vivres et autres objets de première nécessité rendent facilement insuffisants les gains de l'ouvrière. Non-seulement elle doit renoncer au plus petit superflu, mais, obligée de travailler beaucoup, de boire et manger peu, de se loger mal, et de se priver de bien des choses qu'elle aime, et de plus se voyant souvent aussi peu avancée à la fin de l'année qu'au commencement, on comprend qu'elle doit aspirer avec ardeur à quitter un genre de vie où l'on a beaucoup de peines, peu de plaisirs, et des gains très-minimes. C'est alors que le démon de la prostitution, sous la forme d'une proxénète, lui dit tout bas: Veux-tu rester pauvre en travaillant, ou devenir riche à ne rien faire ? Cette voix mielleuse que la fille du peuple entend jour et nuit retentir à son oreille enivrée est douée, on le comprend, d'une influence persuasive extrême. Quelle perspective séduisante en effet ! Toutes les joies, toutes les félicités de la terre en échange de ce pénible labeur de tous les jours auquel elle est vouée pour gagner son pain miette à miette.

Cette question du salaire des femmes est très-importante, puisqu'il en découle des conséquences considérables. Elle pourrait à elle seule motiver un travail très-sérieux ; mais nous ne l'aborderons pas, car ce serait sortir de notre sujet.

Une seconde cause prédisposante, c'est le manque d'instruction et d'éducation, l'absence de principes moraux auxquels on soit fidèle, et partant l'oubli du sentiment de ses devoirs. Lorsqu'on possède ces saines notions, lorsqu'elles sont profondément gravées dans l'âme, on va toujours son chemin droit, sans crainte de trébucher. Le cœur exempt de convoitises frivoles, on ne regarde pas au-dessus de soi d'un œil d'envie ; on se résigne à son sort, faisant le bien pour le bien, et réglant sa conduite sur la paix de l'âme, la probité et le bonheur de la famille. On peut alors marcher la tête haute, car on possède la seule, la vraie richesse qu'il soit permis à toute créature d'ambitionner, l'honneur, trésor qui rend l'homme sans peur parce qu'il est sans reproche et qui lui permet de dire :

> *Si fractus illabatur orbis,*
> *Impavidum ferient ruinæ.*

Et le travail quotidien, si dur, si ingrat qu'il soit, ne manque jamais alors, par la satisfaction intime qu'il procure, de donner à ceux qui lui sont fidèles la plus douce des récompenses.

Lorsque ces éternelles vérités morales ont déserté l'âme humaine, celle-ci devient alors comme un vaisseau

sans boussole, errant au hasard sous des cieux inclé-
ments, incapable de se guider, et qui, jouet des vents
contraires, va se heurter et se briser contre tous les
écueils. La femme qui n'a pas ces puissants principes à
opposer aux attaques de l'esprit du mal est comme une
ville maritime qui a perdu ses digues et ne peut plus se
défendre contre l'irruption des flots.

Une troisième cause prédisposante, c'est l'absence de
la tutelle et des salutaires conseils d'une mère. Telle
mère, telle fille. Souvent toute la vie, tout l'avenir d'un
enfant dépendent des leçons, des exemples et de la di-
rection que sa mère lui donne. L'âme de l'enfant est
dans le jeune âge comme une terre neuve qui fera lever,
grandir et fructifier les principes bons ou mauvais qu'on
y aura semés. Tant vaut la mère, tant vaudra l'enfant.

Nous ne nous étendrons pas plus longuement sur ces
causes prédisposantes, dont l'effet fatal est plus grand
et plus certain encore quand elles agissent concurrem-
ment, et qui se fortifient l'une par l'autre. Nous laissons
au lecteur le soin d'y ajouter en plus toutes celles que
sa sagacité pourra lui suggérer.

Venons-en aux causes efficientes. Une des premières
est cette tendance naturelle à l'imitation, tendance que
la paresse, la misère et les mauvais traitements viennent
accroître encore. Pourquoi cette jeune fille, qui pourrait
être une ouvrière honnête, va-t-elle, à dix-huit ou vingt
ans, quitter tout à coup sa mère et son travail et fouler
sous ses pieds le respect qu'elle doit à son nom? C'est
qu'elle a été témoin d'une singulière et séduisante mé-
tamorphose. Plusieurs d'entre ses compagnes, de son
âge et de sa condition, de pauvres qu'elles étaient sont
devenues riches. Leur mansarde a fait place à un appar-
tement somptueux; leur eau s'est changée en vin, et

leur robe d'indienne en robe de soie ; leurs mains dé-
sœuvrées ont oublié l'art de coudre, et cependant on
voit briller sur leurs épaules l'or et les diamants. Hier
dans l'indigence, aujourd'hui nageant dans le luxe. Ces
pensées obsèdent incessamment l'esprit de cette enfant
dénaturée qui semble s'y complaire et dont la vertu
commence à chanceler ; le désir d'imiter ces compagnes
et de marcher sur leurs traces s'inocule peu à peu dans
son âme.

Ici une seconde cause efficiente vient s'ajouter à la
précédente, l'aider, la compléter : ce sont les mauvais
conseils. Les mauvais conseils ! quelle n'est pas la puissance de ces formidables leviers moraux ! Donnez-leur
un point d'appui et ils bouleverseront tous les plus
fermes sentiments de l'âme. Les mauvais conseils ! c'est
comme une goutte d'huile qui, tombant au centre d'une
feuille de papier brouillard, s'étend peu à peu de proche
en proche jusqu'à imbiber la feuille tout entière. Un de
ces donneurs de mauvais conseils, le plus innocent en
apparence, et le plus traître en réalité, c'est le miroir.
Il a souri à la jeune fille, et lui dit tous les jours en son
langage que la coquetterie lui va bien. Celle-ci se rappelle également quelques propos futiles recueillis en passant dans la rue, qui ont flatté son amour-propre et qui
l'encouragent à oser. Enfin une fausse amie, désireuse
d'avoir une compagne de perdition, l'aiguillonne, la
harcèle, en lui montrant la perspective enchanteresse
d'un bonheur sans mélange. Tel le picador excite les
taureaux en faisant flotter devant leurs yeux de rouges
banderoles ; ainsi l'entremetteuse, l'affidée des repaires
de la débauche exalte les mauvais penchants par ses
incitations séduisantes. Joignez à cela des lectures dangereuses qui vont s'incruster dans cette âme troublée et
y déposer un germe de mal qui ne demande qu'à gran-

dir. Si bien que, à force de voir toujours comme dans un mirage l'image entraînante des plaisirs défendus, la malheureuse enfant, déjà déflorée en esprit, va bientôt fuir pour jamais le toit natal. Hélas! comme le chien qui lâche sa proie pour l'onde, elle va tout quitter, sa grâce, sa santé, sa vie active et probe pour du clinquant et du strass menteur.

Nous ne suivrons pas la prostituée pendant cette seconde et la moins narrable phase de sa dégradation. Le spectacle en est trop répugnant pour nous y arrêter longtemps. Le sort en est jeté ; la voilà qui marche à grands pas sur la route du vice. Vivre au jour le jour et ne penser qu'aux jouissances du présent, lâcher la bride à tous les penchants les plus immondes tels que le vol et l'ivrognerie, faire assaut de dévergondage et chercher à remporter le prix de l'impudeur, adopter un jargon crapuleux assaisonné de propos de poissardes et vomir incessamment les plus grossiers jurons, n'avoir en un mot d'autre occupation que l'orgie et la cohue, telle est la triste vie de la prostituée, vie d'où le cœur est à jamais proscrit, d'où la pudeur est à jamais bannie ! Mais à peine a-t-elle essayé cette existence anormale et malsaine, que déjà la médaille montre son revers. Elle voit son rêve par le gros bout de la lorgnette ; il s'envole en fumée au moment où elle croit le saisir, et peu à peu le spectre de la déception se dresse devant elle et lui mord le cœur d'une dent implacable : *hæret lateri lethalis arundo*. C'est en vain qu'elle veut fuir cette obsession qui l'accable, c'est en vain qu'elle veut se soustraire à ces étreintes qui la torturent, ni l'orgie portée à son apogée, ni les raffinements de la débauche portée à son comble, ne peuvent chasser ce ver rongeur qui, né avec la prostitution, ne meurt pas toujours avec elle. Allons, vile Canidie, bois à plein verre la honte, ton am-

broisie; gorge-toi de chair humaine comme une anthro-
pophage; hurle à tue-tête des refrains lascifs pour
t'étourdir; fais couler le Pactole dans tes réservoirs, si
c'est là ton ambition : tu as beau faire, tu ne parvien-
dras pas à tuer le ver rongeur qui te mord : *sedet æter-
numque sedebit.*

Bientôt arrive la troisième phase de cette vie coupa-
ble, phase qui en est pour ainsi dire le châtiment. Après
s'être vautrée dans la fange pendant ces belles et si pré-
cieuses années de la jeunesse, la prostituée s'aperçoit un
beau matin que, si elle a oublié le temps, le temps, lui,
ne l'a pas oubliée : *Eheu! fugaces labuntur anni!* Déjà
plus d'une ride apparaît sur son masque jauni. Sa
beauté, où la débauche a laissé la trace de son passage
en stigmates indélébiles, s'est changée en une laideur
repoussante. Son front est devenu blême, son teint hâve.
Ses yeux sont flétris et ternes. Sa voix est éraillée comme
le son que rend un vase fêlé. Dans la rue on la montre
du doigt comme un scandaleux objet de curiosité. On
fuit son approche comme si c'était un reptile immonde.
C'est alors, descendant bon gré mal gré de son trône de
boue, que la prostituée se remémore et contemple avec
effroi la hideuse et triste vie qu'elle a menée. L'illusion
fait place aux regrets, et des pleurs trop tardifs coulent
de ses yeux désabusés. En comparant ce qu'elle fut avec
ce qu'elle pouvait être, les remords s'abattent sur son
âme nécrosée comme une bande d'oiseaux noirs sur un
cadavre. Argent, plaisir, asile, tout lui manque. Le Mont-
de-Piété a reçu ses richesses d'un jour. Sa main, qui a
désappris le travail, lui refuse le plus petit salaire. Le
passé, comme un fantôme satanique, pèse sur elle de
tout son poids. Le dégoût, la misère et la faim font naître les instincts les plus pervers dans son cœur ulcéré.
Que sont devenus les beaux jours de son enfance, alors

que tout était joie, bonheur, aisance et probité? Le travail et le plaisir honnête s'embellissaient l'un par l'autre; et maintenant plus rien qu'une coupe de fiel! *Quantum mutata!*

C'est de ces créatures qu'on peut dire alors avec le poëte :

Comment en un plomb vil l'or pur s'est-il changé?

Tombées au dernier degré de l'abjection, on ne sait plus ce que c'est. Ce ne sont plus des femmes, c'est quelque chose de hideux, une ordure vivante qui n'a de nom dans aucune langue, et qui réalise le *monstrum horrendum, informe, ingens* de Virgile.

Comment finissent les prostituées? On n'en voit pas qui finissent leurs jours dans l'opulence. Il semble que Dieu y ait mis son *veto* et qu'il ait voulu leur faire expier par les tortures physiques et morales de leur vieillesse les scandales et les turpitudes dont elles ont indignement souillé leurs belles années. Comment finissent les prostituées? Demandez aux hôpitaux et aux amphithéâtres d'anatomie; demandez aux bagnes et aux asiles d'aliénés; demandez aux flots qui reçoivent si souvent leur dernier baiser; demandez à la fange et à la boue qui sont si souvent leur dernier linceul!

Telle est l'existence de ses femmes débauchées que leur métier infâme, dit un auteur, rend l'opprobre d'un sexe et le fléau de l'autre.

CHAPITRE III

A l'œuvre on connaît l'artisan.
(LA FONTAINE.)

Considérée abstractivement la prostitution, nul n'en doute, est le comble de l'avilissement. C'est, en un mot, tout ce qu'il y a de plus déshonorant sur cette terre. Jeter cette qualification à la tête d'un être intelligent et libre, c'est lui faire une flétrissure morale, comme si on le marquait au fer rouge. Ce sont là les effets en quelque sorte instantanés, immédiats de la prostitution. C'est à eux que se rapporte tout ce que nous avons dit dans les deux précédents chapitres. Mais, à côté de cela, la prostitution a des effets consécutifs, des effets médiats qui sont véritablement déplorables et que nous allons examiner rapidement.

A ce point de vue, on peut dire qu'elle est le mal porté à sa plus haute puissance et pris dans la plus vaste acception du mot. En effet, contemplez et énumérez toutes les turpitudes, toutes les hontes que voit éclore et croître ce cercle uniforme qu'on appelle l'année. Voyez toute cette moisson malsaine que le temps, cet éternel faucheur, ne se lasse pas de récolter. Suivez avec persévérance toute cette inflorescence du mal, et vous trouverez presque infailliblement des ramifications profondes aboutissant à la prostitution. C'est comme une plante vénéneuse qui, non contente de distiller sur place ses

sucs délétères, étend au loin ses racines souterraines et
par là multiplie ses ravages en se multipliant elle-
même.

Elle s'attaque au corps, à l'esprit et au cœur, c'est-
à-dire à l'homme tout entier dans ce qui constitue sa
nature physique et morale. Jeune, elle l'énerve; adulte
elle le ruine; vieillard, elle le ridiculise. A l'un, elle
prend son travail; à l'autre, elle prend ses épargnes et
le pain de ses enfants. A tous, elle brise la santé; à tous,
elle enlève l'honneur.

Pauvre corps humain, comme elle te fait payer cher
ses mensongères caresses! La voici qui vient à toi, la
provoquante; prends garde. Dans ses mains pleines de
fleurs la gale et la vermine sont cachées, et vont fondre
sur ta peau. Mais cela n'est rien encore, si tu n'as pas
le cœur ceint d'un triple airain, fuis les accents de la sy-
rène. Ou bien alors malheur à toi! car la prostitution
ne te lâchera pas sans t'avoir contaminé jusque dans la
moelle de tes os. Un mal terrifiant, un mal effroyable,
devant lequel les langues humaines s'arrêtent stupéfaites,
va vicier ton sang, et cela pour toujours. Les pustules et
les ulcères vont être l'explosion de ce virus horrible.
Tes os ramollis seront en proie aux tumeurs et à la carie.
Ta marche deviendra chancelante avant que les années
n'aient affaibli ta charpente. Ton haleine fétide exhalera
les miasmes. Tes cheveux et tes dents tomberont. Tes
sens émoussés refuseront de remplir leur office accou-
tumé. Et, dans les nuits sans sommeil, les douleurs son-
neront sur ton crâne le glas funèbre de ton trépas!

Oui, il faudrait bien des pages pour peindre dans
toute sa vérité le hideux tableau des maladies vénériennes, surtout de la syphilis. S'il était bien connu de
tout le monde, il serait, nous n'en doutons pas, le frein
le plus puissant pour éloigner de la débauche. Et qu'on

ne dise pas que la prostitution a pour but, par la tolérance qu'on lui accorde, de diminuer le nombre de ces
maladies. C'est une erreur grossière ; car c'est là, au
contraire, le grand courant qui les charrie. C'est là la
source empoisonnée à laquelle ont été boire les malheureuses victimes qui en sont atteintes. Sans doute un
traitement approprié est merveilleux pour enrayer ces
terribles accidents ; mais leur disparition n'est jamais
complète. Il reste toujours dans le sang, à l'état latent,
un levain morbide qui peut faire irruption, même longtemps après que la guérison paraît être obtenue.

Notez enfin que l'action des maladies vénériennes ne
se borne pas seulement à ceux que ces maladies ont
frappés directement. Cette action va plus loin encore.
Les enfants, nés de parents contaminés, reçoivent presque fatalement avec la vie le triste héritage d'une con-
stitution viciée comme le sang dont ils sont sortis. De
là, le rachitisme, l'idiotie, la scrofule, la tuberculose,
l'atrophie, toutes ces marques d'abâtardissement et de
dégénérescence.

Mais c'est assez nous étendre sur les effets qu'exerce
sur le corps la prostitution. Ceux qu'elle exerce sur l'esprit et le cœur ne sont pas moindres.

Considérée dans ses rapports avec l'intelligence humaine, la prostitution a pour effet désastreux d'enfan-
ter et d'entretenir une littérature malsaine, qui est le
contre-pied des belles lettres, comme elle est elle-même
le contre-pied des bonnes mœurs. Ces ouvrages de dépravation, qu'elle a l'inconcevable privilége d'inspirer,
contiennent des chansons lubriques, des anecdotes licencieuses et des histoires ordurières qui font éprouver
un dégoût tel qu'on ne peut pas s'en faire une idée. Ces
écrits bâtards ne sont pas signés, les auteurs craignant
avec raison d'attacher ainsi leur nom au pilori. On ne

trouverait pas ces livres infects même dans le coin le
plus secret de la bibliothèque de l'amateur. Ils sont la
spécialité des maisons de tolérance, *ad usum juventutis
libidinosæ*. C'est le *vade mecum* de la prostitution. C'est le
condiment obligé qu'elle emploie pour faire asseoir la
foule à ses banquets repoussants. La forme n'y cherche
pas à sauver le fond. L'obscénité s'y étale avec un tel
cynisme qu'on se demande comment des êtres portant
le nom d'hommes ont pu se complaire à des peintures
si prodigieusement hideuses. Les malheureux! Il fallait
donc qu'ils aient perdu le sens moral!

Nous comprenons certainement les licences de la poésie légère et badine, et nous les excusons. La colombe
d'Anacréon peut boire dans la coupe de son maître le
vin de l'inspiration et chanter :

ὅταν πίνω τὸν οἶνον
εὑδούσιν αἱ μερίμναι.

Horace a bu son saoûl quand il voit les ménades,

dit Boileau. Nous comprenons les poésies badines et gri-
voises des maîtres dans l'art des vers, comme Béranger
et Alfred de Musset, et nous estimons qu'il y a un abîme
entre les strophes les plus follement évaltonnées de ces
poëtes et ces libelles grossiers et stupides où l'on trouve
autant de turpitudes que de mots. Mais que des misérables aient le triste courage de perdre leurs jours, ces
jours, dit La Bruyère, qui passent et qui ne reviennent
plus, à user de l'encre et à noircir du papier pour en-
fanter des élucubrations si colossalement dégoûtantes,
cela dépasse les limites de notre entendement. Non, nous
ne comprenons pas et nous ne comprendrons jamais
que des écrivains doués d'intelligence distillent de pa-
reils venins, et que des imprimeurs consentent à ouvrir
leurs presses à de pareilles infections!

Il est pourtant un livre admirable, éternellement
jeune, éternellement beau, que Dieu, dans sa bonté,
nous donne à épeler. C'est le livre, toujours et à tous
ouvert, de la nature. Tout imprégné de l'essence
divine de son auteur, il élève, purifie et charme
l'esprit.

Venez donc, intelligences dévoyées, perdues dans les
sentiers inextricables du vice, venez que nous lisions
ensemble ce grand et salutaire poëme. Venez vous asseoir au bord de l'étang, sous le saule qui baigne ses
pieds dans les eaux et dont la tête verruqueuse étend
sur nous son ombre propice. Ici la phalange des carpes
décrit à fleur d'eau ses circuits innombrables, rasant,
sans se heurter, les bords charmants de ces rives où
se mirent les narcisses et les tubéreuses. Là, dans le
pré vert, s'agite un nouveau Lilliput. Le scarabée aux
élytres miroitantes parle à la coccinelle, le faucheux
galoppe; la sauterelle bondit comme un clow. C'est un
vrai Franconi où l'orchestre est tenu par les guêpes et
les bourdons. Plus loin, voyez le sainfoin en fleurs qui
décore la terre d'un tapis mille fois plus beau que les
châles de l'Inde. Écoutez les oiseaux, ces aéronautes
emplumés, qui vocalisent à qui mieux mieux en fendant
l'espace. Chacun fait sa partie dans ce brillant concert
qui a pour maëstro Dieu lui-même. Respirez tous ces
parfums de la terre qui montent comme un encens béni
dans l'air embaumé! Buvez à pleins poumons ces ef-
fluves odorantes, ces suaves émanations que la brise,
esclave dévouée, vous présente avec amour. La moisson
jaunissante tressaille sous les baisers de l'air et roule
des ondulations comme les vagues de l'Océan. Plus loin,
le mouton paisible broute dans les gras pâturages la séve
vivifiante qui doit faire croître et épaissir sa toison. Puis,
le soir arrive. Les oiseaux ont suspendu leurs chants.

Le soleil fuit sous un nuage à l'horizon. Peu à peu,
l'on voit ses derniers rayons, réfractés par le ciel, inon-
der l'Occident de clartés rougeâtres, décroissantes
lueurs, teintes harmonieuses, que le pinceau du peintre
ne saurait imiter.

N'est-ce pas dans ces grands tableaux où la splen-
deur divine se révèle dans toute sa majesté que gît la
vraie poésie? La prostitution peut-elle rien produire qui
en approche? Vaut-il mieux écouter cette intangible
voix qui sort des bois, des prés et des eaux, ou ces gro-
gnements hideux qui sortent de l'égout? Hélas! la prostitution atrophie l'intelligence. Ce n'est pas pour elle
que l'été garde ses belles nuits, le rossignol ses chants,
la campagne ses fleurs, le bois ses parfums. Comme
elle déprave et tue le corps, elle déprave et tue la littérature.

Nous venons de dire les effets physiques et les effets
intellectuels de la prostitution. Voyons-en maintenant
les effets moraux.

Près de Naples, après avoir franchi le mont Pausi-
lippe, pour se rendre au golfe de Pouzzoles, on trouve,
au pied de cette montagne et non loin du lac d'Agnano,
une grotte célèbre, quoique laide et petite, visitée reli-
gieusement par tous les touristes, et qu'on appelle la
grotte du Chien. Elle présente ceci de très-curieux,
qu'en contact avec le sol, elle a constamment une couche d'acide carbonique d'un demi-mètre de hauteur.
Au-dessus se trouve l'air ambiant. De sorte qu'un
homme peut sans danger entrer dans la grotte, y res-
pirant comme à l'air libre; tandis qu'au contraire un
chien se trouvant, par la petitesse de sa taille, plongé
tout entier dans la couche d'acide carbonique, y est
bientôt asphyxié. De même, si l'on allume un flambeau
et qu'on l'incline tout doucement, il brûle d'abord

comme à l'ordinaire ; puis, arrivé à un demi-mètre du sol, il s'éteint subitement comme si on le plongeait dans l'eau.

Telle est, à notre avis, l'action de la prostitution sur le moral de l'homme. Tous les nobles sentiments sont incompatibles avec elle. Elle éteint, ou du moins tend à éteindre tous ces grands flambeaux de l'âme qui ont leur foyer dans le cœur.

Tous les hommes, quel que soit le rang qu'ils occupent dans l'échelle sociale, quelle que soit l'inégalité des conditions produite par le hasard de la naissance ou par la différence des facultés et des aptitudes, ont tous les mêmes devoirs à remplir, et ils ne peuvent s'y soustraire impunément. La loi est une ; si elle accorde à tous les les mêmes droits, la même protection, elle a aussi vis-à-vis de tous les mêmes exigences. Or, les devoirs qu'a tout homme à remplir ici-bas sont triples : devoirs envers Dieu, devoirs envers lui-même, devoirs envers ses semblables.

Comment se comporte la prostitution en face de ces grandes et éternelles obligations ? Pour les devoirs de l'homme envers Dieu, quand elle ne prend pas le masque de l'hypocrisie, elle les foule indignement sous ses pieds. Tout ensemble fille et mère de l'athéisme, elle tue la Foi, renie l'Espérance, et raille la Charité.

Pour les devoirs de l'homme envers lui-même, la prostitution n'en fait pas plus de cas. Elle raye de la création l'âme immortelle, et par cette espèce de suicide posthume, déclarant que tout est fini après la mort, elle ferme volontairement les yeux aux destinées célestes. De là l'amour effréné des jouissances de la terre. De là le culte dissolvant et aride de l'égoïsme, culte monstrueux où chacun veut être à la fois le dieu et le pontife. La prostitution inspire et développe ce vil amour

du moi, qui fait qu'on rapporte tout à soi seul, voulant
que les autres fassent tout pour vous qui ne ferez rien
pour eux. De là encore cette sécheresse de l'âme et cette
avarice sordide qui a fait dire que la prostitution taillait
volontiers don Juan dans la peau d'Arpagon. De là
enfin le relâchement des liens du mariage, l'oubli des
sentiments de famille, et l'impossibilité de remplir digne-
ment le sacerdoce paternel.

Pour les devoirs de l'homme envers ses semblables,
la prostitution a là encore une action démoralisante.
Elle fait perdre le respect que l'on doit aux supérieurs;
elle crée l'indifférence pour les égaux et la dureté de
cœur pour les inférieurs. De là aussi le mépris des sages
progrès, l'insouciance pour le bien public, la force
d'inertie opposée aux améliorations qui ont trait à
l'intérêt général. Disons enfin que la prostitution non-
seulement est incapable d'inspirer à ses adeptes des
actes de dévouement au pays, mais encore, ennemie de
la gloire comme le hibou est ennemi du jour, elle
amoindrit, dessèche et ternit un des plus nobles sentiments dont l'homme puisse s'énorgueillir, le sentiment
de la dignité nationale, la grande idée de la patrie.
Comme elle tue l'amour du clocher, elle tue l'amour du
drapeau !

En définitive, la prostitution est une fort triste et
fort laide chose, qu'on l'examine dans ses causes ou
qu'on l'examine dans ses effets. On peut dire d'elle
comme de cet être hibride dont parle Horace : *Desinit
in piscem mulier formosa superne*. Sa monnaie courante
est le mensonge et la ruse. L'ivrognerie, le vol et le
meurtre sont bien souvent les tristes traces qu'elle laisse
de son passage. Son soleil est un quinquet fumeux. Son
horizon, des murs suant la débauche, tout maculés
qu'ils sont d'images licencieuses. Ses sectateurs sont

des vauriens n'aimant qu'à patauger dans la fange ; son autel est un grabat banal ; son langage, un cynisme éhonté ; son existence, un scandale ; son trafic, une turpitude ; et sa fin, une hideur !

En un mot, la prostitution est l'affirmation de tout mal et de toute tendance au mal ; elle est la négation de tout bien et de toute tendance au bien. Elle se met en guerre ouverte avec la société, tâchant de miner sans relâche les trois grands pivots des nations humaines : la religion, la famille, et le patriotisme.

CHAPITRE IV

DES MOYENS A EMPLOYER POUR L'EXTINCTION DE LA PROSTITUTION.

Ante omnia, cura. Sublatâ causâ, tollitur effectus.
(APHORISMES.)

Le titre de ce chapitre en indique toute l'importance. En effet on peut, à la rigueur, le considérer comme étant à lui seul toute la pétition. C'est là le nœud gordien qu'il faut dénouer ou trancher. Dans tout ce que nous avons dit précédemment il n'y a pas, nous le croyons du moins, de contestations sérieuses. On peut dire que sur ce point tout le monde est du même avis.

Ici au contraire les divergences d'opinions se prononcent. Les uns, à propos de l'extinction de la prostitution, disent : c'est une utopie. Les autres trouvent impossible ce qui n'est que difficile. Presque tous répondent ainsi par une fin de non-recevoir, ne se donnant pas la peine d'étudier la question, et la trouvant insoluble parce qu'ils ne veulent pas l'approfondir.

Pous nous, prenant pour nous guider dans ces ténèbres les lumières du sens commun, nous nous proposons de démontrer ici que l'extinction de la prostitution n'est pas une utopie, mais que c'est une réforme utile et sage, et plus facile à réaliser qu'on ne le croit généralement. Nous allons donc redoubler de zèle, s'il est possible, afin de mettre toute la clarté désirable dans la démonstration que nous devons faire, démonstration qui a pour but de prouver que le problème est soluble.

Et d'abord nous devons dire que, pour étudier avec fruit une question si grave et si importante, il est deux conditions essentielles, *sine quibus non*, qui doivent se rencontrer chez le moraliste. La première, c'est d'en aborder l'étude sans idée préconçue ; la seconde, c'est d'être logique. Cela est absolument indispensable pour arriver à une solution à laquelle tout homme de cœur doit aspirer.

Développons ces deux points.

Lorsqu'il se trouve en présence d'un fait pathologique extrêmement grave, mais dont le diagnostic offre cependant des doutes, c'est-à-dire ne repose que sur des présomptions ou des probabilités et non sur la certitude, que doit faire alors l'homme de l'art ? Il n'a qu'une conduite à tenir, et elle est bien simple, c'est de se placer au point de vue le plus utile au malade ; le plus grand intérêt possible du malade doit être le point de mire de sa thérapeutique. Supposons, par exemple, un jeune homme, atteint depuis plus de six mois d'une affection du genou résultant d'un coup ou d'une chute. Le genou est globuleux, chaud, empâté, douloureux au toucher ; la marche est impossible ; l'état général est mauvais. Tous les moyens employés sont restés sans succès. Le malade, en proie à la fièvre hectique, paraît marcher à une mort certaine. Deux médecins, également recommandables, sont appelés à se prononcer sur la nature de l'affection et le traitement à employer. L'un, cédant involontairement à une idée préconçue, diagnostique une tumeur blanche et déclare qu'il faut amputer ou mieux ne rien faire, vu la faiblesse du sujet. L'autre, voyant que le manque de certitude rend le diagnostic douteux et voulant alors laisser au malade le plus de chances possibles de guérison, admet l'existence d'un abcès sous-périostique et propose la cure radicale de la maladie par le drainage. L'un a dit : incurabilité; l'autre a dit : guérison possible. La manière de voir du premier l'a conduit à l'inaction et à l'impuissance; celle du second lui a suggéré des ressources inattendues. Le premier a laissé la maladie maîtresse du champ de bataille; le second l'a vaincue (1).

Il faut procéder de même dans la question qui nous occupe pour faire quelque chose de rationnel. Le malade, c'est l'humanité; la maladie, c'est la prostitution; le médecin, c'est le gouvernement; la thérapeutique, c'est une loi sage, claire dans son texte, facile dans son application. Pour trouver cette loi salutaire, il faut vouloir, c'est-à-dire il faut admettre *a priori* la possibilité de l'extinction. Pour cela, il faut examiner la question sans parti pris, sans idée préconçue, sans opinion toute faite d'avance, car autrement la cause est jugée et perdue avant d'être entendue.

Une seconde condition essentielle, inhérente encore, non pas à la question, mais à celui qui l'étudie, est, avons-nous dit, d'être logique. Ainsi lorsqu'une loi est faite pour combattre un mal, la sévérité doit être proportionnée à l'intensité du mal, plus rigoureuse envers celui qui est très-grave qu'envers celui qui l'est moins. Il vaut mieux aussi avoir une loi qui préserve qu'une

---

(1) Ce que nous disons là n'est à l'adresse d'aucun de nos honorables confrères. Seulement nous devons dire qu'en agissant d'après ces principes, nous avons eu l'insigne bonheur d'empêcher deux amputations imminentes, l'une de la cuisse, l'autre de la jambe, opérations qui, pratiquées chez des sujets étiolés auraient infailliblement entraîné la mort. Le drainage chirurgical a guéri radicalement ces deux malades qui marchent maintenant sans boiter et jouissent d'une santé excellente. (Voir notre mémoire sur le *drainage.*)

loi qui remédie. Or, on sait que tous les raisonnements
de l'intellect peuvent en dernière analyse être ramenés
à des syllogismes. Tout le monde sait aussi qu'un syllogisme est une série de trois popositions ou termes
appelés majeure, mineure et conséquence, formant
ensemble un faisceau indivisible où l'erreur ne peut se
glisser. La majeure doit être une vérité évidente, incontestable et incontestée ; la mineure, un fait démontré ;
et la conséquence, la déduction naturelle, forcée, des
prémisses. Quand, par exemple, nous disons : il faut
combattre les maux qui attaquent l'homme dans son
corps, dans son âme, et dans ses descendants, nous
posons une vérité incontestable. Si, en continuant le
syllogisme, nous ajoutons : Or la prostitution est un
de ces maux, nous avançons un fait démontré surabon-
damment. Maintenant la conséquence logique qui découle naturellement de ces deux termes est inévitable ;
elle y est contenue comme le chêne l'est dans le gland ;
elle est en quelque sorte engendrée par eux, et cette
conséquence ne peut être que celle-ci : donc il faut combattre la prostitution.

Qui croirait pourtant que telle n'est pas la conclusion
admise par un des hommes les plus compétents dans
la matière, Parent-Duchâtelet, dont on ne peut faire
moins que de citer le nom à propos de la question
d'hygiène que nous traitons ? Homme d'une vertu
austère, travailleur infatigable, aussi remarquable par
le caractère que par le talent, il mourut en 1836 à l'âge
de quarante-cinq ans, ayant consacré sa courte vie à
l'étude de cette grande et difficile question. Il a laissé
pour lui survivre deux gros volumes sur la prostitution,
de plus de cinq cents pages chacun, très-curieux et très-
instructifs, et à la rédaction desquels il a apporté un
soin véritablement méticuleux et bien digne d'admira-

tion. Mais, ce qui est incroyable, c'est que, après avoir flétri de mille manières la prostitution dans ces pages souvent éloquentes et indignées, il conclut qu'il faut non-seulement la tolérer et la réglementer, mais encore l'encourager ! Plus on propagera les maisons de tolérance, moins on aura à redouter les effets de la prostitution !

Est-il possible qu'un homme de cœur ait pu, la main sur la conscience, en arriver à une conclusion si déplorable ? Comment ! Voici au centre d'un pays, d'une ville, d'une agglomération d'hommes un marais mille fois plus fétide que les anciens marais pontins. Les miasmes paludéens qui s'en exhalent, non contents d'infecter ceux qui habitent sur ces bords, étendent au loin leurs ravages, minant, étiolant, et tuant tous ceux qu'ils touchent. Et vous proposez, pour parer aux effets mortels d'un pareil agent dévastateur, des demi-mesures, des pallialifs qui ne remédient à rien ! Ce n'est pas en couvrant ces rives pestilentielles de jasmins, de rosiers et d'orangers que vous diminuerez l'infection. Au contraire, vous la rendrez plus tentatrice, plus séduisante encore. Non, non, ce qu'il faut faire, c'est dessécher et combler de bonne terre ce marécage infécond et destructeur, et que, la fertilité prenant la place de la désolation, l'homme trouve la santé et la vie là où il trouvait la maladie et la mort.

Il en est de même de la prostitution. Qu'est-ce ? sinon une véritable *malaria urbana* qui décime et épuise les générations. La tolérer, la réglementer est un leurre. L'encourager est une faute énorme. Il n'est pas d'accommodement possible avec elle. Ceci tuera cela. Ou la prostitution tuera l'homme, ou l'homme tuera la prostitution.

Voyons donc comment Parent-Duchâtelet, cet hygiéniste si éminent, a pu se résoudre à adopter des con-

clusions si diamétralement opposées au sens commun
et à son propre cœur. Il fallait pour cela qu'il fût guidé
par des motifs bien impérieux. C'est ce que nous allons
voir. Mais si nous pouvons, comme nous l'espérons,
démontrer qu'il s'est trompé, nous aurons donné à nos
conclusions une valeur qui manque forcément aux
siennes. Ici nous arrivons au vif de la question, au
cœur même du sujet, et c'est dans ce qui nous reste à
dire que nous devons trouver la solution tant désirée
de ce difficile problème.

La prostitution, on le sait, se présente sous deux
aspects très-tranchés : elle est publique et elle est clandestine. La prostitution publique est représentée par
des femmes placées sous l'œil de la police, où elles sont
inscrites au bureau des Mœurs. Elles ont des cartes ou
des numéros correspondant à ceux des registres d'in-
scription et constatant leur identité. Enfin elles sont
assujetties à venir tous les huit jours soit au dispensaire,
soit au bureau de police, passer à la visite médicale.
Elle exercent donc au grand jour. La prostitution clandestine, elle, ne relève que d'elle-même. Elle se soustrait
à la surveillance de la police, et partant à l'inspection
sanitaire du médecin. Elle se cache et exerce dans
l'ombre.

Voici maintenant comment raisonnent les partisans
du maintien de cette prétendue nécessité ! Il y a, disent-
ils, antagonisme entre la publicité et la clandestinité
de cette turpitude. Quand la prostitution publique aug-
mente, la prostitution clandestine diminue, et récipro-
quement quand la première diminue, la seconde aug-
mente. Or, la prostitution publique, étant soumise à
un examen médical hebdomadaire, ne peut être que
très-difficile et très-rarement un foyer d'infection. La
prostitution clandestine au contraire ne recevant jamais

les secours de l'art est dans un état perpétuel d'insanité.
Ce qui n'est que l'exception chez l'une est la règle chez
l'autre. Or, comme de deux maux il faut choisir le
moindre, mieux vaut tolérer et encourager la prostitution publique, afin que la clandestine, réduite à des
proportions de plus en plus minimes, ait des effets
moins désastreux.

Ce raisonnement est plus spécieux que prudent et
sage. Car, si vous dites que la prostitution publique,
par suite de la surveillance qu'on exerce sur elle, est
rarement une source de maladies (ce qui est erroné,
puisqu'on y compte en moyenne une malade sur cinq
femmes inscrites), vous ne voyez que le corps. Mais
l'âme, qu'en faites-vous? Croyez-vous que la prostitution la mieux réglementée laissera intacts l'esprit et
le cœur? qu'elle ne ternira pas de ses funestes souillures
ces deux ailes de l'âme humaine? Pouvez-vous comme
au corps faire subir un examen de salubrité à l'intelligence et au moral? Vous le devez, pour être logique.
Si vous ne le pouvez pas, vous n'avez pris que des mesures incomplètes; vous n'avez vu qu'un côté des faits,
sans vous préoccuper de l'autre en aucune manière. Le
côté matériel a eu toute votre sollicitude; mais le côté
spirituel, qui est bien aussi quelque chose, vous l'aban-
donnez à son malheureux sort. Peu vous importe que
les corps soient épargnés, si les intelligences ne le sont
pas.

En définitive, la seule et unique raison qui vous fait
tolérer la prostitution publique, c'est la peur que vous
inspire la prostitution clandestine. C'est donc sur cette
dernière exclusivement que se concentre toute la question en litige? C'est sur elle seule que les législateurs
doivent porter les généreuses lumières de leur vigilante
sagesse. C'est elle que la loi doit avoir en vue, viser,

frapper et tuer : *in hunc convertite ferrum*. En effet, la prostitution clandestine étant vaincue, anéantie, réduite à l'impuissance absolue, la prostitution publique n'a plus sa raison d'être. La mort de l'une entraîne d'un mot la mort de l'autre. On dira, nous le savons, que la prostitution publique est seule autorisée, et que la clandestine est défendue. Mais nous répondrons à cela qu'il ne suffit pas de formuler une défense pour que ceux qui veulent l'enfreindre en soient empêchés. Il faut de plus de toute nécessité une loi répressive efficace qui lui donne une sanction effective et l'empêche d'être illusoire. Se borner à gémir, comme Parent-Duchâtelet, sur les tristes conséquences de la prostitution clandestine, ce n'est pas apporter grand remède au mal : *sunt verba et voces, prætereaque nihil*.

Ainsi voilà la question singulièrement restreinte et simplifiée, puisqu'elle se réduit à celle-ci : Peut-on détruire la prostitution clandestine ? Si oui, le problème est résolu. Pour nous, nous sommes convaincu qu'on le peut. Mais pour cela, comment faut-il s'y prendre ? Car il ne suffit pas de signaler une réforme utile, faible mérite que tout le monde peut se donner ; il faut encore indiquer les moyens qui paraissent les meilleurs à employer pour la réaliser.

Pour éteindre la prostitution clandestine, il ne faut pas s'adresser aux prostituées elles-mêmes, qui, véritables protées, vous glisseraient dans les mains comme des anguilles ; ni sévir contre elles, car elles sont assez à plaindre, trouvant dans leur honteux et abject métier le pire de tous les châtiments. Il faut s'adresser aux maisons qui leur donnent asile. C'est ainsi que, pour faire cesser les maladies qu'engendrent certains produits insalubres, on ferme les usines où ces produits sont fabriqués. La prostitution est une fabrique de dépravation pour le corps, une fabrique de dépravation pour l'esprit, une fabrique de dépravation pour le cœur, et tout cela se vend très-cher. C'est donc une industrie insalubre au premier chef. Elle tombe dès lors sous la loi d'enquête de *commodo* et d'*incommodo*. Assurément quelqu'un qui voudrait établir chez lui une féculerie clandestine encourrait une amende et la fermeture de sa fabrique. De même, en présence de l'insalubrité qui en résulte pour le corps et l'âme, en présence de l'*incommodo* physique et moral dont son existence est infailliblement et fatalement la cause, la prostitution clandestine doit être pourchassée sans relâche ; elle doit se voir fermer toutes les portes.

Pour arriver à ce résultat si désirable, il suffit d'une loi claire et courte, et conçue sinon en ces termes, du moins à peu près en cet esprit :

Article 1er. La prostitution n'étant, en dernier ressort, que la vente infâme de mille maux qui attaquent l'homme dans son corps, dans son âme et dans sa race, est par cela même la plus inutile et la plus insalubre des industries. En conséquence, elle est et demeure supprimée dans tout l'Empire pour le présent, elle est et demeure défendue pour l'avenir.

Art. 2. Défense est faite à tout propriétaire et à tout principal locataire, à tout fondé de pouvoir et à tout concierge, de louer ou sous-louer tout ou partie d'un immeuble à des filles ou femmes ne pouvant justifier de leur identité, de leur résidence antérieure, de leurs moyens d'existence, et se livrant notoirement à la prostitution clandestine.

Art. 3. Une première contravention à l'article précédent sera passible d'une amende de 100 francs pour le propriétaire ou le principal locataire, de 50 francs pour

le régisseur ou le concierge. Une seconde contravention
sera passible de 200 francs pour les premiers et de
100 francs pour les seconds, et ainsi de suite.

Une semblable mesure peut-elle être trouvée exorbi-
tante et faire jeter les hauts cris? Evidemment non. Il
n'y a que deux sortes de personnes qui y soient inté-
ressées : les prostituées et les propriétaires. Or, les
réclamations de celles-ci ne nous émeuvent pas. Nous
n'en faison aucun cas. C'est le cri de Satan vaincu.

Quant aux propriétaires de maisons, en est-il un seul
qui voudrait, qui oserait réclamer? La loi ne leur défen-
dait pas de louer à des prostituées, et ils leur louaient.
Maintenant la loi devenue plus prévoyante le leur défend ; ils loueront à d'autres personnes. Où est leur
préjudice? Nulle part. Ils toucheront leurs termes de
loyer comme par le passé, et ne trouveront pas que
l'argent des honnêtes gens vaille moins que celui des
gourgandines. Il y a plus, c'est qu'une pareille mesure
rendrait un grand service aux propriétaires en les dé-
chargeant d'une lourde responsabilité. On a beau dire,
mais il est plus honorable de louer à des gens de bien,
à des gens qui ont du cœur et de l'honneur qu'à des
filles publiques. Loger sciemment sous son toit des em-
poisonneuses, c'est pactiser jusqu'à un certain point
avec le crime.

Dira-t-on que c'est porter atteinte à la liberté individuelle? Tenir un pareil langage, c'est parler pour ne
rien dire. La liberté individuelle n'a que faire ici. Ce
n'est pas elle qui est attaquée. Ce qu'on veut atteindre
et détruire, c'est le mal qui se cache derrière ce nom
pompeux dont il voudrait se faire une égide. Quand il
est une cause de souffrances et de dangers pour l'intérêt
général, l'intérêt particulier perd ses droits. En présence de la morale et de la santé publiques outragées

ou menacées par elle, la liberté individuelle doit disparaître, car alors elle n'est plus que la liberté du mal.
« La liberté dans ce cas, dit Parent, c'est la licence, et
avec la licence il n'y a pas de société possible. »

En dernière analyse, la condition essentielle, indispensable à l'existence de la prostitution clandestine, ce
n'est ni la jeunesse, ni la beauté, ni la toilette ; c'est une
chambre, un asile, un abri. Or ces prostituées n'en
ont pas à elles en propre ; elles en louent. C'est-à-dire
qu'elles trouvent des propriétaires ou leurs représentants, assez peu scrupuleux, nous dirions presque assez
dépravés pour rendre possible par leur tolérance l'existence de la prostitution clandestine. Sans se soucier
autrement de la santé et de la morale publiques qui doivent infailliblement en ressentir des outrages et des
maléfices, ils disent aux prostituées : Il ne vous manque
qu'une chambre pour exercer votre immonde et vil métier et répandre des maux qui déciment l'humanité ;
voici des chambres qui nous appartiennent ; nous pouvons en disposer comme bon nous semblera, nous vous
les louons ; autant vous que d'autres, la loi ne le défend
pas. » Or, si les propriétaires d'immeubles, comprenant
mieux les intérêts de l'humanité qui sont aussi les leurs,
refusaient absolument de louer à des filles publiques,
nous le demandons, que deviendrait alors la prostitution clandestine ? Pour nous, protestant de toutes nos
forces au nom de l'hygiène contre cette industrie insalubre, nous demandons qu'on inscrive dans la loi,
comme elle est inscrite dans le cœur de tout homme
de bien, la réprobation qu'inspire ce pestilentiel et vénéneux commerce.

Oui, sans asile, la prostitution clandestine est réduite
aux abois. Ne sachant plus où se cacher, traquée comme
une bête fauve par les lois et par les honnêtes gens coa

lisés au nom du bien public, il ne lui reste plus qu'à fuir à l'étranger ou à périr. Quant à vivre et à travailler en plein air, c'est inadmissible, car alors elle relèverait de la Cour d'assises, où elle aurait à rendre compte de ses outrages à la morale publique.

Une loi combattant la prostitution clandestine est-elle facile à appliquer? Oui, puisque tous les habitants d'une maison, d'un quartier, d'une ville enfin, sont connus à la police pour la sécurité, à la mairie pour le recensement, à la perception pour les impôts. Mais, dira-t-on, supposez qu'une ouvrière laborieuse, habitant une mansarde, et sur laquelle ses patrons ont donné de bons renseignements, se livre le soir après sa journée faite à la prostitution clandestine pour augmenter ses gains journaliers, que pourrez-vous faire à cela?

D'abord la prostitution étant abolie, le stationnement et le raccrochage, ces deux abominations inqualifiables qui mériteraient bien d'être très-sévèrement punies, le sont aussi par cela même. Ensuite la surveillance du concierge de la maison et les plaintes des voisins d'étage ne tarderaient pas à faire découvrir et cesser la supercherie. « En conservant, dit Parent, le droit d'enquête sur des plaintes ou des dénonciations, on se réserve le moyen d'atteindre celles qui se livrent à la prostitution clandestine, et qui, sous le rapport moral aussi bien que sous le rapport sanitaire, sont les plus dangereuses de toutes les prostituées. »

L'extinction de la prostitution est une question d'intérêt général. Le seul intérêt particulier qui pourrait avoir à en souffrir est celui des proxénètes, de ces horribles entremetteuses, à langue de vipère, racoleuses de la débauche et véritables incarnations du vice, qui font de la prostitution un honteux moyen de fortune. Vendangeuses de malheur, elles écrasent comme des raisins les cœurs des épouses et des mères, et quand tout l'or qui sort du pressoir a coulé dans leurs cuves, il ne reste plus rien que la misère, le désespoir et la mort. Mais les plaintes de ces industrielles ne doivent exciter aucune espèce de sympathie. D'ailleurs, on ne peut éteindre un incendie sans faire, comme on dit, la part du feu.

Ici se place une objection inévitable, objection très-sérieuse en apparence, sur laquelle s'appuient beaucoup de gens estimables qui sont partisans du maintien de la prostitution. Loin de l'éluder, nous allons l'aborder hardiment. Voici cette objection : Nous admettons, disent-ils, la suppression de la prostitution tant publique que clandestine ; mais alors qu'allez-vous faire de ces milliers de femmes qui vont se trouver sur le pavé, beaucoup sans argent, un plus grand nombre sans ouvrage, et presque toutes sans asile ; vous aurez déplacé la difficulté sans la résoudre. A cela nous répondrons qu'il est incontestable qu'une réforme du genre de celle dont nous nous occupons ne peut s'accomplir sans causer de vives contrariétés et de grands embarras aux personnes sur lesquelles elle porte. Il est assurément plus facile de changer le bien en mal que le mal en bien. Toute transition présente des inconvénients inévitables, des plaintes, des réclamations auxquelles on ne peut satisfaire ; c'est encore là la part du feu. Mais, hâtons-nous de le dire, ces inconvénients ne peuvent être permanents ; ils ne sont que momentanés et de courte durée. D'ailleurs on peut les diminuer ou les atténuer d'une manière notable par une sage lenteur dans la marche à suivre pour détruire un mal sans blesser personne. En agissant avec brusquerie et précipitation, il est certain qu'on compromet tout et qu'on ne peut faire rien de bon, puisqu'on remplace un mal

par un autre mal. Au contraire, en agissant avec une
inflexible persévérance et une prudente temporisation,
on peut arriver à un résultat satisfaisant, en évitant
l'écueil qui ferait échouer les meilleures mesures.

Ainsi les statistiques ont démontré que, pour beaucoup de femmes, la prostitution est une sorte de maladie, d'épisode néfaste de leur existence. Un grand
nombre n'exercent ce vil métier que pendant un temps
assez court, deux ans, un an, six mois. Les mépris et
les insultes auxquels elles sont en butte, les remords et
les déceptions qui les rongent ne tardent pas à leur faire
prendre en profond dégoût leur dégradante profession.
Elles s'en retirent alors spontanément et rentrent dans
la vie et la loi communes.

Il résulte de cela que le roulement de la prostitution
est un continuel va-et-vient, un véritable mouvement
perpétuel. Il y a constamment des femmes qui se font
inscrire, et il y en a constamment qui se font rayer.
Eh bien ! en arrêtant à tout jamais les inscriptions, et
en laissant aller les radiations jusqu'à la dernière, n'arriverait-il pas, au bout d'un temps plus ou moins long,
un moment où cette source de mal serait tarie, et tarie
d'elle-même sans sévice et sans contrainte. En effet,
tandis que les unes quitteraient de leur plein gré les
sentiers maudits de la débauche, les autres n'y ayant
pas encore mis les pieds se les verraient fermer sans
retour. Ces dernières, après avoir entendu quelques
bonnes paroles partant du cœur et avoir reçu des secours tant physiques que moraux, seraient renvoyées
dans leur famille, ou placées dans un atelier par les
soins des dames de Charité, ou mises pour quelque
temps à la maison du Bon Pasteur. Peu à peu leurs
mauvaises idées se passant, elles ne chercheraient plus
à embrasser une profession que d'ailleurs elles sau-

raient être définitivement supprimée. C'est ainsi qu'avec lenteur, discernement et de bons procédés, on détruirait insensiblement la prostitution publique.

Reste la clandestine. Ici la marche à suivre est la même. Lorsqu'un cultivateur fait arracher d'un champ de betteraves les mauvaises herbes qui l'envahissent, les ouvriers employés à cette longue et minutieuse besogne commencent par un bout et finissent par l'autre bout. De même, pour extirper d'une ville la prostitution clandestine qui la souille, il faut commencer par un quartier et finir par un autre quartier, allant de rue en rue de maison en maison. Du reste, les propriétaires une fois avertis qu'ils peuvent louer leurs appartements garnis ou non garnis à tout le monde, excepté à des prostituées, ne se soucieront pas de transgresser une loi qui prononce contre eux dans ce cas une amende de plus en plus forte. Ils pourront donc faciliter le travail plutôt que l'entraver.

En général, les filles qui se livrent à la prostitution clandestine sont aptes à bien des travaux variés. Il est donc parfaitement inutile qu'elles passent par la prostitution avant de prendre un état honnête et convenable qu'elles sont bien forcées de chercher après être revenues de leurs erreurs. Tant qu'il reste en elles une étincelle de bon sens, il ne faut pas désespérer ; il y a encore place au repentir et à la résipiscence. Leur ôter cette suprême et trop facile ressource du désespoir, du lucre ou de la paresse, c'est les empêcher de rompre avec le travail et tous les vrais devoirs ; c'est leur faire du bien malgré elles.

A côté de cela, nous le savons, il y a tout à fait au bas de l'échelle sociale des natures dépravées et incorrigibles, impropres à tout, excepté au mal, véritables monstruosités vivantes, paraissant avoir pour cervelle

4

une pierre et pour cœur un glaçon. Faut-il donc pour
ces brutes conserver cette plaie sociale qu'on appelle la
prostitution? Faut-il à cet insatiable minotaure donner
pour pâture le cœur de l'humanité? La société serait-elle
donc en danger, parce que les proxénètes et leur hideux
troupeau viendraient à disparaître? Faut-il leur laisser
propager cette *malaria* dont elles sont le foyer infect?
Non, non. La pitié qu'inspire le dénuement est mille
fois préférable au mépris qu'inspire la dépravation et
au mal qu'engendre la débauche. Il faut mettre ces
êtres là dans l'impossibilité de nuire ou les traiter en
bêtes féroces.

En définitive, de ce que la prostitution existe, ce n'est
pas une raison pour la conserver; car il est probable
qu'on ne verrait aucune nécessité de la créer, si elle
n'existait pas. On ne doit pas plus la tolérer chez les
femmes qui ont encore un peu de bon dans l'âme que
chez celles où le mal a tout envahi. C'est un jeu dange-
reux où il y a tout à perdre et rien de bien à gagner. Ce
n'est pas seulement une vieille erreur que nous a léguée
l'antiquité et qui doit aller retrouver le paganisme au
tombeau; c'est un délit, de l'avis de tous les juris-
consultes, c'est le plus grand outrage que la société
puisse recevoir.

En arrivant à la fin de ce chapitre, nous prions le
lecteur de nous pardonner d'avoir traité si longuement
cette question. Malgré notre désir de l'abréger, il ne
nous a pas été possible, en présence de la gravité du
sujet, d'être plus court et plus concis. Mais heureuse-
ment que la citation qui nous reste à faire et par
laquelle nous terminons dédommagera l'esprit de tout ce
qu'a pu offrir d'ennuyeux et d'aride la longue discus-
sion à laquelle nous nous sommes livré. Cette citation
est de Mirabeau. Il n'est pas sans intérêt, à propos de

l'extinction de la prostitution, de connaître l'opinion de cet homme étrange qui, extrême en toutes choses, tomba par sa débauche jusqu'au bas-fond de l'ignominie, pour se relever radieux par son éloquence jusqu'au faîte de la gloire. En lisant ces lignes foudroyantes, on croit voir un sanglier furieux qui, tenant renversé sous lui le chasseur qui l'a blessé, le laboure impitoyablement à grands coups de boutoir. Voici ce morceau du grand orateur; la citation est un peu longue, mais elle est superbe :

« C'est, dit Mirabeau, une grande abomination que de voir, chez les nations chrétiennes, la prostitution tolérée : c'est une infamie; il n'y a pas de nom pour caractériser une police aussi exécrable. Tous les prétextes sont d'une immoralité qui révolte la raison autant que la religion ; et c'est avilir le bons sens que l'employer à combattre ces prétextes. Il ne faut pas supporter les mauvaises mœurs quand elles se montrent à découvert; il faut encore moins les fomenter ouvertement. Fermez donc, à l'instant, les maisons de débauche ! Jetez dans des ateliers de basse justice les misérables créatures qui empoisonnent le crime et vendent le double venin des âmes et des corps, à des malheureux dont l'existence éprouve, par ce commerce abominable, tous les genres de dégradation. N'ayez pas la chimérique inquiétude des crimes secrets que la suppression de cette ressource, pour la corruption vulgaire, pourrait occasionner dans les familles honnêtes. Si vous dites que les mœurs sont actuellement trop dépravées pour ôter ainsi aux nombreux débauchés les moyens d'assouvir leurs passions brutales, qu'on ne serait pas en sûreté dans les maisons et jusque dans les temples ; vous donnez dans une étrange illusion : ne voyez-vous pas que ce sont vos tolérances immorales qui portent

elles-mêmes la dépravation des mœurs à cet excès, et
qui vous réduisent à craindre partout la violence de cet
instinct de brutalité? Il ne faut plus la souffrir; il faut
la comprimer avec une force invincible. Les ateliers de
basse justice balaieront, en huit jours, toute cette cra-
puleuse lie de vos villes infâmes. Les moindres délits
en ce genre y feront précipiter les corruptrices et les
corrupteurs. Dans nos villes, purifiées de cette infection
horrible, on vivra dans une sécurité profonde, on ne
respirera plus que l'air de l'honnêteté, de la décence et
de la vertu; mais n'épargnez personne; que tout scandale, de qui que ce soit qu'il provienne, puissants ou
faibles, riches ou pauvres, conduise irrémissiblement
aux ateliers, et vous n'aurez pas deux scandales par
mois dans tout Paris, un par année dans vos moindres
cités de province. »

Ne dirait-on pas en lisant ces lignes fougueuses que
le grand tribun désabusé use de représailles, en ren-
dant à la prostitution, par ces paroles énergiques et
éloquemment vraies, tout le mal qu'il en a reçu, comme
s'il espérait, en la flagellant sans pitié, épargner aux
générations futures les déceptions qu'elle lui a causées.
Semblable à Clovis, le fier sycambre, il brûle ce qu'il a
adoré ?

Disons enfin, pour finir, que Napoléon Ier avait pour
la prostitution une horreur inexprimable. Le sentiment
de l'honneur était si vivace et si profondément enraciné
dans son âme que l'idée seule de la prostitution le fai-
sait bondir d'indignation et de colère. Aussi en entrant
en souverain aux Tuileries, un de ses premiers actes
fut-il de faire purger impitoyablement le quartier de
son palais, et cela dans une zone assez étendue, de
toutes les maisons de tolérance qui l'infestaient. Il n'est

pas déraisonnable d'admettre que plus tard peut-être,
s'il n'eût pas été absorbé par les grandes questions qui
alors agitaient l'Europe entière, ce grand génie eût
très-probablement travaillé avec énergie à la solution
radicale de cet important problème.

CHAPITRE V

Non pour nous seuls, mais pour tous nous vivons.
(BÉRANGER.)

L'extinction de la prostitution peut-elle offrir de grands avantages? Formuler la demande, c'est y répondre. La prostitution étant abolie, il doit évidemment en résulter des bienfaits innombrables, comme, étant tolérée, il en résulte d'innombrables maux. Cela est d'une telle évidence que nous ne croyons pas qu'il soit nécessaire d'y insister longtemps.

Un premier avantage important qui doit résulter de l'utile réforme que nous proposons est relatif aux finances de l'administration. Ce que la prostitution lui coûte ; nous l'ignorons. Il y aurait là un calcul très-instructif et très-intéressant à faire. On comprend aisément que nous ne pouvons pas l'aborder, puisque nous n'avons pas les éléments nécessaires pour l'effectuer. Seulement on peut évaluer approximativement à plusieurs millions de francs le prix que coûte à l'administration la tolérance de la prostitution. L'administration bénéficierait donc déjà de tout ce qu'elle n'aurait plus à dépenser. Elle bénéficierait encore sur les amendes provenant des contraventions. De sorte que les fonds destinés à combattre les effets incessamment désastreux de la prostitution pourraient alors en totalité ou en partie être appliqués à en détruire les causes. C'est là une œuvre éminemment utile, une des plus nobles, une des plus morales qu'il soit donné à l'homme d'accomplir, et qui mérite assurément d'être prise en considération par par tous ceux qui veulent et recherchent le bien de l'humanité et qui y travaillent avec dévouement et abnégation. Le meilleur emploi possible des deniers publics est chose trop louable pour ne pas être la constante étude et le but unique de ceux qui en ont la gestion.

Si les avantages pécuniaires sont quelque chose, les avantages moraux sont bien plus importants encore. Nous n'hésitons pas à préférer de beaucoup ces derniers à tous les millions de la terre : A ce point de vue, tout doit s'en ressentir. La société tout entière doit en éprouver un bien incontestable. Et d'abord la jeune fille inquiète ne viendra plus se pencher sur le bord du précipice qui la fascine et qui l'attire. La Paresse, guidée par les mauvais conseils, ne trouvera plus dans cette industrie malsaine les criminelles ressources de la séduction. Le travail et l'honneur, délivrés de leur plus mortel ennemi, reprendront la plénitude de leurs droits sacrés. Richesse et joie tout ensemble, palladium du corps et de l'âme, ils épargneront à ceux et à celles qui se donnent à eux une existence tissue de remords, de honte et d'ignominie. Les villes, assainies moralement et physiquement, purgées de ces immondices, et partant moins dangeureuses pour la jeunesse imprévoyante, n'exciteront plus comme autrefois les légitimes inquiétudes des mères. Beaucoup de fils de famille qui vont puiser aux Facultés l'instruction indispensable à la carrière qu'ils veulent embrasser ne seront plus tentés de gaspiller dans les sentiers tentateurs de la débauche l'argent qu'ils ont et même quelquefois celui qu'ils n'ont pas, escomptant indignement alors l'avenir au profit de détestables passions. Les générations n'en devien-

dront qne plus fortes; les belles-lettres plus nobles;
les principes moraux plus fermes. Les liens conju-
gaux se resserreront davantage, regagnant en force
tout ce qu'ils avaient perdu sous l'action dissolvante
de la prostitution. Et n'est-il pas infiniment probable aussi qu'au banquet de l'existence, le bonheur,
convive si désiré, viendrait alors s'asseoir plus souvent
et plus volontiers?

Voyez que de grandes et belles choses s'accomplis-
sent dans cet admirable xxix⁰ siècle dont l'éloge est
devenu un lien commum! L'éloquence de Bossuet,
de Massillon et de Bourdaloue a reparu dans la chaire
sacrée. La tribune frémit de nouveau sous le souffle
inspiré des modernes Démosthènes. Et l'on entend au
barreau retentir de accents magnifiques dignes de
Cicéron lui-même. La peinture et la sculpture enfantent
des chefs-d'œuvre que Raphaël et Michel Ange auraient
signés. Les abeilles de l'Hymète trouveraient encore des
flots de miel s'échappant des lèvres de plus d'une émule
de Platon. Au théâtre, la tragédie est aussi belle qu'au
temps de Sophocle et d'Euripide, et la comédie n'est
pas inférieure à celle de Plaute et de Térence. Jamais
Thucidide, Hérodote et Tite-Live n'ont écrit l'histoire
comme on l'écrit de nos jours. Jamais non plus sous Tu-
renne, Villars et Catinat, la gloire du drapeau n'a brillé
d'un éclat plus éblouissant; jamais l'épée de la France
n'a été confiée à des mains plus dignes. L'instruction se
répandant de plus en plus dans les classes inocule à tous
le précieux sentiment de la dignité humaine. Ici la
science et l'industrie, transforment et embellissent,
tout en les enrichissant, les villes et les campagnes,
conviant les populations au partage de leurs merveilleux bienfaits. Là, la charité prend mille formes char-
mantes pour verser dans le sein des pauvres et des

souffrants les trésors dont regorge son cœur inépuisable. Elle a dans ses mains maternelles le baume pour toutes les douleurs, le nécessaire pour tous les besoins.

Pourquoi faut-il que, dans cet admirable tableau, la prostitution, apparaissant comme un spectre maudit, vienne y projeter une ombre qui en trouble l'harmonie? Est-elle donc comme cet esclave antique qui suivait le char du triomphateur en lui criant : « Souviens-toi que tu n'es qu'un homme? » Non, non. C'est seulement aux maladies et à la mort qu'il appartient de nous rappeler l'inanité de nos projets, la brièveté de nos jours, la faiblesse et l'impuissance de nos efforts. Mais la prostitution n'a rien d'utile à nous enseigner.

Nous nous rappelons qu'un de nos grands poëtes lyriques fait émettre par Néron, pendant l'incendie de Rome, ce vœu sacrilége, bien digne du génie du mal :

> Ah! que n'ai-je aussi, moi, des baisers qui dévorent,
> Des caresses qui font mourir !

La prostitution n'a pas besoin de formuler ce souhait impie, car elle possède au plus haut degré ce détestable pouvoir. Incendiaire de profession, elle met le feu à tout ce qui est pur, noble et beau pour faire régner tout ce qui est laid, impur et vil sur les cendres des vertus détruites. On comprend que la tolérance accordée à une pareille horreur, à cette ennemie la plus implacable du genre humain, constitue une anomalie qui bouleverse la raison. Mais, s'il plaît à Dieu, elle disparaîtra à jamais, nous l'espérons. Et son nom restera dans la mémoire des siècles à venir comme un éternel sujet d'étonnement. Comme on enivrait les ilotes pour inspirer la haine de l'ivrognerie, les races futures croiront qu'elle n'a existé que pour inspirer par son cynisme même la haine de toutes les dégradations.

Quand on pense que des filles qui ont une mère et qui elles aussi pourraient l'être un jour, qui ont des frères, des sœurs, une famille à honorer, poussent l'impudeur et l'oubli du sens moral jusqu'à oser venir, avec une audacieuse effronterie, demander à être inscrites sur les listes de prostitution ; — quand on pense que la traduction exacte d'une pareille demande n'est pas autre chose que celle-ci : « Accordez-nous la permission de faire, sans être inquiétées, tout le mal possible, de corrompre le corps et de dépraver l'esprit, d'exalter tous les mauvais penchants et d'abaisser tous les bons ; accordez-nous la permission d'abrutir l'humanité, de semer et propager sur la terre beaucoup d'infamies et beaucoup de crimes ; accordez-nous la permission d'être viles, d'être cyniques, d'être immondes ; accordez-nous la permission de faire couler les larmes de toutes les mères en empoisonnant le cœur de tous les enfants ; — quand on pense que c'est là pourtant l'unique et monstrueux objet de la prostitution : oh ! alors le cœur de l'honnête homme bondit de colère dans sa poitrine indignée ! On comprend qu'il n'y a pas de miséricorde pour une semblable abomination, et qu'il faut la combattre sans relâche et la détruire jusque dans ses racines ! C'est en vain que des hommes recommandables se battent les flancs et font d'infructueux efforts pour démontrer que tout cela est d'une impitoyable nécessité, leur conscience honnête et droite se révolte à cette étrange prétention, et elle crie aux défenseurs d'une si mauvaise cause : vous mentez ! Non, nous n'admettrons jamais que la prostitution soit un rouage indispensable au mécanisme de la civilisation. Nous n'admettrons jamais qu'elle soit liée indissolublement à la durée de l'espèce humaine. Du moment que la majorité des hommes peut s'en passer, la minorité n'en a que faire.

Veut-on nous dire que nous demandons l'impossible? Mais dans le siècle où nous vivons le mot impossible n'est plus à l'ordre du jour. Combien de choses ont quitté le séjour prétendu inaccessible de l'impossibilité pour entrer dans le domaine des faits accomplis? Qui aurait cru, il y a trente ans, que, d'un coup de baguette, mille de ces petites ruelles infectes et puantes qui déshonoraient la capitale, disparaîtraient à jamais pour faire place à de grandes voies larges et aérées? Qui aurait cru qu'au moyen d'un fil électrique deux personnes pourraient se correspondre presque instantanément d'un bout du monde à l'autre? Qui aurait cru que les Alpes et les Pyrénées seraient percées de part en part à leur base, et ne seraient plus désormais que le décor grandiose d'un audacieux tunnel? Qui aurait cru que cette vapeur presque impalpable qui s'échappe d'une théière était douée d'une force tellement grande que la raison humaine en est effrayée? Qui aurait cru que ce soleil qui fait mûrir les fruits était en même temps le plus habile, le plus expéditif et le plus consciencieux des peintres? Qui aurait cru qu'on pourrait solidifier l'acide carbonique, faire de la glace dans un creuset chauffé à blanc, amincir un fil de platine jusqu'à lui donner un douze centième de millimètre, c'est-à-dire qu'il faudrait plus de cent quarante de ces fils pour former un faisceau de la grosseur d'un fil de soie d'un seul brin?

Assurément celui qui aurait affirmé la possibilité de ces faits extraordinaire avant qu'ils fussent réalisés, aurait été traité d'insensé digne d'être enfermé à Bicêtre ou à Charenton. La prostitution est, comme on dit, logée à la même enseigne, c'est-à-dire que son extinction n'est pas plus impossible que toutes les prétendues impossibilités que nous venons de signaler.

On pourra nous dire encore que déjà l'extinction de la prostitution a été tentée sans succès. Oui, sans doute, on en a fait l'essai, une seule fois, sous saint Louis, en 1256. Mais peut-on comparer sérieusement les moyens d'action qu'on avait à cette époque, déjà si lointaine, et ceux qu'on a de nos jours? La différence de temps, de mœurs, de civilisation, est si tranchée qu'on peut considérer comme possible aujourd'hui ce qui alors ne l'était pas. C'est pour cette raison qu'on voit reparaître tous les jours beaucoup de questions jadis abandonnées comme insolubles : *multa renascentur quæ jam cecidere*, et la réussite justifie ces nouvelles tentatives. Car l'homme est ainsi fait qu'il met autant de zèle et d'ardeur à repousser des innovations projetées qu'il en met à adopter des innovations réalisées.

Il y a d'ailleurs, relativement à l'extinction de certaines plaies sociales, des précédents qui nous encouragent. On est parvenu à détruire deux fléaux que bien des personnes considéraient comme impossibles à atteindre. Ainsi d'abord on a supprimé en France les maisons de jeu. N'est-ce pas un immense service que cette suppression a rendu à l'humanité? Combien n'a-t-on pas vu de gens sortir ruinés et la mort dans l'âme de ces tripots abominables où s'engloutissaient le pain quotidien et les épargnes amassées à grand'peine à la sueur du front? N'était-ce pas là une cause effroyable de démoralisation et de crimes? La suppression des maisons de jeu a donc été une réforme éminemment utile et dont on ne saurait trop se féliciter.

Une autre réforme également sage et louable, et que nous ne pouvons passer sous silence, c'est l'extinction de la mendicité. Depuis un certain nombre d'années la philanthropie contemporaine y travaille avec un zèle digne des plus grands éloges et un succès encourageant. L'extinction de la prostitution nous paraît œuvre plus utile encore. Mettez en parallèle un mendiant et une prostituée : quelle différence! Les haillons du mendiant l'ennoblissent; le luxe de la prostituée la déshonore. L'un excite la pitié et la commisération; l'autre excite le mépris et la honte. Celui-ci peut dire : j'ai tout perdu fors l'honneur; celle-là peut dire : j'ai tout perdu, même l'honneur. Le premier voit venir dans son taudis les saintes mères de famille qui portent sous son toit les dons si purs de la charité; la seconde ne voit venir dans ses somptueux salons que des débauchés au langage ordurier et cynique qui n'ont de goût qu'aux lubricités. En voyant son fils mettre une aumône dans la sébile du pauvre, la mère sourit de joie; en voyant sont fils hanter les courtisanes, la mère pleure de chagrin. La pauvreté n'est pas un vice; la prostitution est plus qu'un déshonneur; c'est un crime de lèse-humanité.

Prostitution! mer sans rives où l'homme est exposé presque infailliblement à sombrer corps et âme; gouffre sans fond où s'engloutissent tous les jours santé, fortune et travail; mirage décevant où courent à une perte certaine honneur, vertu, dignité humaine; source empoisonnée qui distille tous les maux, qui enfante tous les crimes; atmosphère pestilentielle dont le souffle délétère s'infiltre comme un toxique jusque dans la moëlle des os; véritable oïdium physique et moral qui tue le corps, l'esprit et le cœur; idole de boue et d'ordure qui plonge ses adorateurs dans la fange de l'ignominie et dans la honte de l'abrutissement; fléau dévastateur qui étouffe tous les bons instinct de l'âme et remplace le travail et la charité par la paresse et l'égoïsme; terrain maudit où l'âme se flétrit et s'atrophie en voyant tomber un à un autour d'elle tous les nobles sentiments

qui formaient sa parure comme un arbre qui perd son
feuillage au souffle glacé de l'hiver !

Oui, nous l'affirmons avec une conviction profonde,
il aura une belle page dans l'histoire le monarque
éclairé et courageux qui aura travaillé à l'extinction de
cette calamité publique. En détruisant jusque dans ses
racines ce mal qui ronge et déshonore l'humanité, en
y portant d'une main ferme le fer rouge, mais salutaire
et régénérateur des lois morales, il pourra dire avec
orgueil : *Exegi monumentum ære perennius*. A la gloire
d'avoir accompli un des douze travaux d'Hercule, en
purgeant ces nouvelles écuries d'Augias, se joindront
les bénédictions les plus sincères et les plus unanimes
de toutes les mères et de tous les gens de cœur.

Qui donc pourrait ou oserait élever la voix pour réclamer contre une réforme si radicale, mais en même
temps si généreuse? Tout au plus quelques goujats
avinés qui, semblables aux pourceaux dont ils usurpent
le nom, n'aiment qu'à se vautrer dans le fumier ! Ces
messieurs seront forcés d'être sages ; le beau malheur !

Beaucoup de villes de province sont restées jusqu'à
ce jour à l'abri des atteintes de ce fléau. Mais tard ou
tôt la contagion peut les gagner. C'est en étouffant le
mal dans ses grands foyers qu'on empêchera l'exten-
sion de cette éventualité menaçante. A l'œuvre donc,
amis sincères de l'humanité ! Balayez à jamais des sentiers du travail et de l'honneur ces pierres d'achoppe-
ment qui font trébucher et tomber tant d'infortunés !
Que, grâce à vos sages et vigilantes mesures, l'ouvrière,
la fille du peuple, en reportant ses souvenirs sur sa vie
passée, n'ait plus à rougir d'un si honteux épisode, toujours trop long quelle qu'en soit la durée, toujours infa-
mant, quelle qu'en soit l'issue !

Que la France prenne donc l'initiative, et avec les

relations internationales qui vont tous les jours en aug-
mentant, la prostitution, chassée de partout, ne trouvant plus nulle part un coin de terre pour se réfugier,
disparaîtra à jamais de la surface du globe. Si, par
hasard, on en signale de loin en loin quelques cas spo-
radiques, on pourra dire d'eux : *apparent rari* !

CONCLUSIONS

Nous n'avons pas la prétention d'avoir tout dit sur un sujet si vaste et qui se prête à tant de développements et de considérations. La nature même de notre travail a dû nous forcer à le restreindre dans les limites que nous nous sommes imposées. Néanmoins, de l'ensemble de toutes les considérations hygiéniques, intellectuelles et morales que nous avons présentées, d'une part; et d'autre part, de toutes celles que l'étude et la méditation pourront suggérer encore et que les documents existants sur la matière pourront produire, nous concluons en demandant au noble Sénat français de vouloir bien donner son approbation à notre travail et de le renvoyer à qui de droit.

Toutefois, nous prions l'éminente et auguste Assemblée, avec tout le respect et toute la déférence qui lui sont dus, de ne pas se méprendre sur la portée exacte de nos conclusions. Ainsi nous ne demandons pas que la prostitution soit abolie immédiatement, *hic et nunc*, aujourd'hui pour demain. Non assurément. Une pareille prétention serait aussi absurde qu'irréalisable.

Nous demandons seulement que la question de l'extinction de la prostitution soit mise à l'étude; qu'elle soit confiée à une commission composée d'hommes aussi recommandables par l'esprit que par le cœur, chose facile à faire, puisque ces deux conditions s'observent également chez tous les membres des grands Corps de l'Etat; qu'ils apportent à son examen, sans passion

5

et sans parti pris, les lumières de la raison et du bon
sens, et qu'ils y consacrent avec patience et persévérance
tout le temps qui sera jugé nécessaire pour arriver à
une solution satisfaisante. Nous ne doutons pas que
d'une semblable et aussi consciencieuse étude il ne sur-
gisse un moyen efficace de saisir, combattre et vaincre
la prostitution clandestine, cause de tous maux, et qui
fait de la prostitution publique, également hideuse,
malsaine et dégradante, une douloureuse et monstrueuse
nécessité. La première étant détruite; il ne suffit plus
que d'un trait de plume pour que la seconde ait cessé
d'exister.

Lorsqu'un anatomiste a consacré de longues heures à la dissection d'un cadavre putréfié, la joie qu'il éprouve d'avoir achevé son ingrate besogne le dédommage du profond dégoût qu'il a ressenti pendant le cours de son travail. Ainsi en est-il de nous en ce moment. Plus laborieuse a été l'entreprise, plus pénible a été la tâche, et plus vive aussi est la satisfaction que nous ressentons en nous voyant arrivé au terme de nos efforts.

Mais pourtant qu'on le sache bien, ce n'est pas sans quelque répugnance que nous avons fait la pathologie de la prostitution, que nous avons parcouru les étapes de cette voie douloureuse de l'avilissement. La crainte de blesser de chastes oreilles, de faire baisser des yeux pudiques et rougir des fronts candides, nous a souvent arrêté dans la route épineuse que nous parcourions. Plus d'une fois nous avons voulu revenir en arrière et renoncer à notre projet. Plus d'une fois nous avons senti la plume prête à s'échapper de notre main défaillante. Et puis nous nous demandions si, dans ces pages souvent amères et violentes, nous n'avions pas trop lâché la bride à notre indignation et dépassé le but en croyant l'atteindre.

Mais l'ardent désir de travailler pour le bien public et d'être utile à l'humanité a fait taire nos scrupules. Le corps médical est plus que tout autre à même de constater journellement les maux de toute nature qu'engendre la prostitution. Nous avons pensé qu'il appartenait à ce corps illustre, dont nous sommes un des plus humbles représentants, de prendre l'initiative et de se mettre à la tête d'une réforme que tous les gens de bien doivent appeler de tous leurs vœux. Alors aussi nous avons pensé que, s'il pouvait sortir un travail plus savant et plus attrayant du cerveau d'un érudit, il n'en pouvait sortir un plus utile et plus consciencieux du cœur d'un honnête homme. Puissent ces motifs nous valoir quelque indulgence?

En admettant que tolérer la prostitution soit un bien relatif, ce que nous nions, c'est un bien infiniment petit au prix d'un mal infiniment grand. Or le bien et le mal, voilà les deux éternels objets de notre amour et de notre haine, les deux éternelles causes de nos joies et de nos douleurs!

Tandis que Dieu, suivant la belle expression d'un grand poëte,

Verse le temps comme une eau vive
Des urnes de l'éternité.

tout passe et disparaît sur cette terre. Les années suivent de près les années, emportant dans la nuit éternelle et la beauté, cette parure de la jeunesse, et la jeunesse, ce printemps de la vie, et l'amour, cette fleur de l'âme, et la santé, cette harmonie du corps. *Sic transit gloria mundi.* Le bien et le mal restent toujours!

Les hommes se dispersent à tous les vents. Ils courent d'une ardeur sans pareille après le bonheur et la richesse, mirages souvent trompeurs. Où vont-ils? On ne sait. Le tourbillon les entraîne comme la feuille des bois. On voit tomber ce qui s'élevait. On voit mourir ce qu'on a vu naître. Les langues s'altèrent. Les coutumes changent. Les mœurs se modifient. *Debemur morti nos nostraque.* Le bien et le mal restent toujours!

Où sont ces monuments fameux qui devaient défier les siècles à venir? Ils gisent dans la poussière, et l'herbe croît sur ce qui reste de leurs arceaux effondrés. Hommes et choses, la mort ne respecte rien; elle frappe partout sans relâche. Pontife et fidèle, monarque et sujet, les grands et les petits, les nobles et les prolétaires, les heureux et les déshérités, elle les endort tous dans le même sommeil; elle les couche tous dans la même poussière. *Pulvis et umbra sumus.* Le bien et le mal restent toujours!

Cependant on dit souvent que tout est pour le mieux dans le meilleur des mondes possibles. C'est une erreur. Non, tout n'est pas pour le mieux sur cette terre. Il est encore beaucoup de bien à accomplir; il est encore beaucoup de mal à combattre. L'homme doit travailler avec une ardeur incessante à augmenter le plus possible le fertile domaine de l'un, en restreignant le plus possible le stérile domaine de l'autre. C'est là sa vraie, sa sainte mission ici-bas.

Or, l'extinction de la prostitution est un problème d'hygiène physique et morale dont la solution répond précisément à ces grandes et nobles questions. On peut le résoudre, nous le croyons fermement, si l'on ne prend pas les difficultés pour des impossibilités. Puissent les idées que nous avons cherché à exprimer dans ce long mémoire trouver un écho sympathique dans tous les cœurs vertueux? Nous n'aurons pas trop présumé de nos forces si, en signalant un grand mal, nous avons pu produire un peu de bien. Puissent ces vœux désintéressés, partant d'un cœur aussi exempt d'ambition que plein de dévouement pour le bien public, trouver bientôt leur complète réalisation!

Pour nous, en attendant ce moment si désiré, tant qu'un reste de sang généreux coulera dans nos veines, nous consacrerons le peu d'intelligence que le Créateur nous a donnée en partage à combattre par tous les moyens permis et raisonnables ce fléau social qu'on appelle la prostitution. Nous pousserons contre elle en toute occasion le cri du vieux romain : *Delenda est Carthago !*

Rethel, 15 octobre 1864.

FIN

PARIS. — TYPOGRAPHIE DE A. PARENT, RUE MONSIEUR-LE-PRINCE, 31